KB078175

광풍
제월

만상조 新무협 판타지 소설

FANTASTIC ORIENTAL HEROES

광풍제월 8

만상조 新무협 판타지 소설

초판 1쇄 찍은 날 § 2016년 8월 12일
초판 1쇄 펴낸 날 § 2016년 8월 19일

지은이 § 만상조
펴낸이 § 서경석

편집책임 § 김현미

펴낸곳 § 도서출판 청어람
등록번호 § 제387-1999-000006호
등록일자 § 1999. 5. 31
어람번호 § 제2-2676호

주소 § 경기도 부천시 원미구 부일로 483번길 40 서경B/D 3F (우) 14640
전화 § 032-656-4452 팩스 § 032-656-4453
http://www.chungeoram.com
E-mail § chungeorambook@daum.net

ⓒ 만상조, 2015

ISBN 979-11-04-90928-3 04810
ISBN 979-11-04-90462-2 (세트)

狂風齊月

광풍
제월

8

만상조 新무협 판타지 소설

FANTASTIC ORIENTAL HEROES

도서출판 청어람

光風霽月

광풍
제월

目次

第一章
무인

"으……!"

연사는 겨우 머리를 뒤흔들며 정신을 차렸다. 적에게 제압당해 있는 동안, 강대한 내공의 기운에 억눌려 제대로 정신을 차릴 수 없었던 것이다.

그녀는 자신의 옆에 있는 목연을 보고는 황급히 눈을 옆으로 돌렸다. 어느덧 자신들은 철중방의 무인들에게서 풀려나 상당히 물러나 있었던 것이다.

"다친 곳은 없니?"

"어, 언니."

옆에서 걸어온 금하연은 이내 걱정스러운 표정으로 쓰러진 장처인을 살피고 있었다. 계속해서 얻어맞았던지라 그의 얼굴은 무참하게 망가져 있는 모습이었다.

"장 소협. 조금만 참으세요."

그녀의 양손에서 비취빛 기운이 어린다. 비형청사공의 힘을 장처인의 몸 안으로 흘려 넣자, 불규칙적으로 헐떡이던 그의 숨이 조금씩 안정을 찾고 있었다.

"저희를 지키시려다……."

연사는 어두운 목소리로 그리 중얼거렸다. 장처인의 상태는 척 봐도 심각할 정도였던 것이다.

잠시 옆을 노려보던 목연은 이윽고 발을 옮겼다. 그 모습에 연사는 놀랄 수밖에 없었다. 목연의 몸에서 풍겨 나오는 내공의 기운. 그녀는 당연히 목연이 적들에게로 달려갈 것이라 생각했다.

그러나 목연은 그리로 가지 않았다. 금하연의 옆에 주저앉으며, 비형청사공의 기운을 장처인의 몸에 흘려 넣는 것을 돕고 있었던 것이다.

"목연아."

금하연의 놀란 눈에, 그는 슬쩍 시선을 내리며 중얼거렸다.

"돕겠습니다."

그는 주변에서 적수가 없게 되자, 자신의 무공이 상당한 힘을 가지고 있다는 생각을 했었다. 자만이라기보다는 자신의 자질이 다른 이들보다 뛰어나다고 판단했기 때문이다.

그러나.

쩌르르르릉!

연사는 뒤늦게 옆쪽에서 들려오는 거대한 굉음을 들었다. 그곳에는 노란 기운을 둘러싼 소하가 철중방의 무인에게로 격돌하고 있는 모습이 보였다.

"저건……."

보는 순간 소름이 돋는다.

사람이 싸우는데 땅울림이 전해진다는 사실이 믿겨지는가?

마치 자연재해처럼 소하의 도가 휘둘러질 때마다 작은 진동이 발밑을 메우고 있었다.

금하연은 목연이 어떤 마음으로 이 자리에 있는 것인지를 이해했다. 평소 같았다면 질 것을 알더라도 적에게 분기를 참지 못하고 덤벼들었을 것이다.

하지만 소하가 싸우는 모습은 그야말로 목연의 이상이라고 할 수 있었다.

금하연의 입가에 잔잔한 미소가 걸렸다.

"도와줘서 고마워."

고개를 숙이는 목연의 모습. 그러나 그의 눈은 여전히 소하를 쫓고 있었다.

갈위의 도가 맹렬히 달려들자, 소하는 단박에 그걸 쳐내 버리며 땅에 내려서고 있었다.

콰라라라라!

광명이 내뿜는 울음은 바람과 함께 정신없이 귓전을 뒤흔든다.

"무인(武人)이란."

목연은 멍하니 중얼거렸다.

모두의 눈이 소하에게로 향해 있었다.

"저런 것이로군요."

그 눈이 품고 있는 것은 동경이었다.

금하연은 소하를 처음 만났을 때를 떠올리며 희미한 미소를 지었다.

"응."

*　　　　　*　　　　　*

"이… 놈……!"

갈위의 입에서 거센 고함이 터져 나왔다. 철령도가 흔들리자 걸려 있는 고리들이 쩔그렁거리며 매섭게 소리를 터뜨렸고, 동시에 내공의 기운이 갈위의 전신을 내리눌렀다.

철령도를 휘둘러 소하를 떨쳐냈지만 팔에서 우두둑 하는 소리가 일었다. 근육이 파열되고 있는 것이다.

'뭐지?'

갈위는 의문을 품을 수밖에 없었다.

철중방에는 철투(鐵鬪)라는 것이 있다. 방주를 뽑을 때 후

보로 뽑힌 수십 명이 서로 맞붙는 일을 의미하는 말이다. 상대를 죽여도 아무런 문제가 없으며, 어떤 도구를 써도 상관하지 않는다.

갈위는 그러한 철투 끝에 철중방의 차기 방주로 뽑힌 자였다. 그렇기에 그는 철령도를 물려받을 수 있었고, 철중방의 비전절기를 모두 습득했다.

철령도의 궤적이 꺾여 나간다. 내공심법을 운용해 거의 철갑(鐵甲)과 같은 몸에 핏물이 튀며 도상(刀傷)이 새겨지고 있었다.

그것을 이해할 수 없었다.

그는 천하오절까지는 아니더라도 자신의 무공이 상당한 수준에 올라 있으리라 믿어 의심치 않았다.

파악!

철령도가 땅을 내려친다. 소하의 잔영을 보고는 그대로 베어버렸지만, 그는 연기처럼 홀홀 사라져 버리며 시야에서 없어진 상황이었다.

동시에 뒤에 있던 부하가 비명을 지르며 허공을 날더니 이내 땅에 데굴데굴 구르며 의식을 잃고 있었다.

"감히!"

갈위의 눈에서 분노가 폭발했다. 소하는 지금 그를 상대하면서 주변의 철중방원들을 제거하고 있었던 것이다. 그들이 혹여나 장처인을 비롯한 다른 이들에게 위해를 가할까 염려

한 탓이다.

갈위는 그걸 깨닫자 더욱 분노할 수밖에 없었다. 소하는 지금 손속에 사정을 두면서 그를 상대하고 있다는 뜻이기 때문이다.

동시에 갈위의 온몸에 검은 기운이 뒤덮이기 시작했다.

"바, 방주님!"

"그건……!"

놀란 철중방원들이 고함을 질렀다. 그 모습이 어떠한 결과를 초래하는지 알고 있기 때문이다.

"네 잘못이다……!"

갈위는 으르렁거리며 고함을 질렀다. 그의 전신은 어느덧 칠흑으로 뒤덮이고 있었다.

철중방의 무공 중, 가장 위험하다 여겨져 단 한 명에게만 전수하는 비전.

"흑왕(黑王)을… 사용하게 될 줄은……!"

그와 동시에 철중방원들은 뒤로 뛰었다. 소하가 슬쩍 뒤쪽을 돌아보았지만, 그들은 다른 이들을 공격하는 것이 아니라 부상 입은 동료들을 붙잡으며 빠르게 물러서고 있었다.

마치 무언가에 휘말리게 되는 것이 두렵다는 듯 말이다.

그의 얼굴마저 검은 내공에 뒤덮인다.

입이 벌어지며 곧 쩌렁쩌렁한 고함을 내지르기 시작했다.

"아아아악!"

시녀들의 비명이 들린다. 고함을 듣는 즉시, 그녀들의 귀에서 핏물이 주르륵 흘러나오기 시작했던 것이다.

키이이이잉!

동시에 그곳에 있는 모든 이가 고개를 움츠리며 주저앉기 시작했다. 고함을 듣는 순간, 머리 안쪽이 날카로운 것으로 후벼 파내지는 듯한 고통이 일었던 것이다.

"크, 으윽……!"

유태훈은 주저앉으며 머리를 감싸 쥐었다.

"사, 사자후(獅子吼)……?"

내공을 목소리에 싣는 것만이 아니라, 그것으로 주변을 위압할 수 있는 기예다. 조금만 더 갈위가 목소리를 높인다면 고막이 찢어지는 것만이 아니라 머리가 안쪽에서부터 박살 나고 말 것이다.

그것에 소하는 손을 들었다.

갈위의 사자후에 머리를 붙잡고 쓰러졌던 모두는 그와 동시에 소리가 잦아드는 것을 깨닫고는 놀란 표정을 지었다.

"말도 안 돼."

마흠은 멍하니 그리 중얼거렸다. 그 역시 갈위가 내지른 사자후의 영역에 있었지만 내공으로 겨우 견뎌내던 참이었다.

소하는 지금, 자신의 내공으로 소리를 어그러뜨려 한데로 뭉쳐 버린 것이다. 마흠조차 절대 불가능한 일이었다.

놀란 그는 당황해 모진원을 돌아보았지만, 모진원은 알 듯 모를 듯한 미소만을 지은 채 여전히 소하를 바라보고 있을 뿐이었다.

"저쪽은 힘들겠군."

그는 그리 중얼거린 뒤, 마흠에게 말을 이었다.

"유가장의 사람들을 보호해라. 마흠."

"예, 예!"

당황한 마흠은 얼른 그렇게 대답했다. 어마어마한 싸움의 여파가 주변에 미칠 정도였다.

하지만 모두의 시선은 소하가 아닌, 온몸이 새카맣게 변한 갈위에게로 머물고 있었다.

"철중방주… 괴물이군."

마흠은 놀란 채 그리 중얼거릴 수밖에 없었다.

마치 전신에 철이 덧씌워진 것 같았다.

서서히 꿈틀거리던 그는, 이내 숨을 내뱉으며 철령도를 든 손을 힘없이 내렸다.

"이제……."

소하의 눈이 부릅떠졌다.

칼의 궤적이 꺾였다.

동시에 소하의 몸으로 일곱 개의 도격이 내리박혔다.

콰콰콰콰쾅!

땅이 진동하며 동시에 모래가 솟구쳤다.

"으으으윽!"

연사는 눈앞으로 들이치는 모래바람에 당황해 고개를 수그렸고, 목연 역시 그런 연사를 감싸며 내공을 끌어 올렸다. 그러나 충격으로 튀어 오른 모래들은 어마어마한 기세로 몰아치고 있었다.

"이런, 모래가……!"

"아직이다."

금하연을 비롯한 모두는 모진원의 몸이 내려앉는 것에 당황할 수밖에 없었다. 그는 즉시 전신에서 내공을 뿜어내며 모래먼지를 서서히 밀어내기 시작했다.

"이 다음에 오는 게 진짜지."

그리고.

콰아아아아아아아!

"꺄아아악!"

연사의 입에서 비명이 터져 나왔다. 땅울림이 아닌, 거대한 폭풍이 덮쳐 오는 것처럼 어마어마한 바람이 그들의 눈앞을 뒤흔들었기 때문이다.

모진원은 내공으로 그것을 막아내며 흥미롭다는 듯 눈을 들어 올렸다.

"과연……."

싸움이 벌어지고 있는 곳은 온통 땅이 뒤집히고 파여 제모습이 남아 있지 않았다.

철령도를 내리찍은 자세 그대로 있는 갈위의 온몸에서는 내공의 기운이 연기처럼 뿜어져 나오고 있는 상태였다.

그리고 소하는 조금 그에게서 떨어진 상태로 굉명을 들어 올리고 있었다.

주르륵 흘러내리는 핏물.

소하는 자신의 이마가 찢어진 것에 눈을 슬쩍 감으며 손등으로 핏물을 닦아내었다.

갈위의 얼굴은 이미 검은 내공으로 뒤덮여, 노란 안광만이 보일 뿐이었다.

"넌 죽는다."

철중방의 비전절기, 흑왕을 펼쳐낸 그는 짐승처럼 으르렁거리는 소리를 내뱉었다.

*   *   *

천하철중!

철중방의 위세는 구대문파에 뒤지지 않을 정도로 솟구치고 있었다. 가진 절세의 무공과 수많은 무인은 철중방의 깃발을 든 채 무림을 종횡하며 각종 위업을 세워 나가고 있었기 때문이다.

"보거라."

철중방주 절강명(折岡暝)은 조용히 눈을 돌렸다.

눈앞에는 수많은 무인이 도열해 있었다. 모두가 철중방을 상징하는 흑의를 입은 채, 언제라도 싸울 준비가 되었다는 듯 강렬한 기운을 내뿜는 모습이었다.

"이것이 철중방이다."

어린 갈위는 그것을 반짝이는 눈으로 바라보았다.

이들 모두는 검이다.

예리하게 벼려져 닿는 모든 것을 분쇄할 수 있는 검. 그것이야말로 힘의 본질이라고 느꼈다. 갈위에게 있어 앞으로 자신이 닿아야 할 꿈이었던 것이다.

그 후 시천월교의 동란이 일어났을 때, 철중방은 당당한 위세를 펼치며 그 싸움에 참가했다. 강한 외공을 지닌 철중방의 무인들은 가장 앞선에서 활약하며, 시천월교의 무인들을 모두 몰아내는가 싶었다.

문제는 그 다음이었다.

사람의 몸이 갈갈이 찢겨졌다. 덤벼든 무인들이 피분수를 뿌리며 나가떨어졌다.

철중방의 무인들이 처음으로 발을 멈췄다.

눈앞에 서 있는 자, 이제 소년이 된 갈위는 보는 것만으로도 폐부가 쥐어짜지는 것만 같았다. 숨이 멎고, 두 눈이 흔들릴 수밖에 없었다.

눈앞에는 하늘이 있었다.

"시천마……!"

고함이 들렸다.

철중방의 호법(護法). 세 명의 호법은 고함과 함께 몸을 날리며 각자의 비전무공을 펼쳤다. 그들 모두가 철중방의 절기를 하나씩 통달한 상당한 고수에 속하는 자들이었다.

시천마는 칼을 내리그었다.

"나설 때를 구분하지 못하는군."

그 목소리와 함께 한 명의 몸이 반으로 잘렸다. 옆구리에서부터 파고든 칼날은 단숨에 그를 나눠 버리며 허공에 섬뜩한 핏방울을 흩날리게 만들었다.

비명조차 지르지 못했다. 허공에 퍼덕거리던 상체는 이윽고 내공에 의해 찌부러지며 다른 이에게로 처박혔다.

"아무것도 느끼지 못했다면."

시천마의 발이 한 걸음 앞으로 내디뎌졌다.

호법의 몸이 움찔거렸다. 시천마가 다가오려는 순간, 자신의 절초를 내뻗으려는 생각에서였다.

그러나 그는 이미 몸이 몇 조각으로 나눠져 버린 뒤였다.

후두둑 떨어져 내리는 살덩이들.

모두가 침묵할 수밖에 없었다.

"살 가치가 없다."

세 명이 죽는 데에 수 초도 걸리지 않았다.

침묵이 주변을 휘감았다. 지켜보던 모두는 서서히 물러설 수밖에 없었다.

핏방울조차 묻지 않았다.

서서히 앞으로 걸어오는 시천마를 향해 나선 것은 한 명뿐이었다.

"방주님!"

갈위는 당황했다.

절강명은 전신에 검은 기운을 두르며 앞으로 나서고 있었다.

"고개를 숙이지 마라!"

그의 쩌렁쩌렁한 고함이 주변을 메웠다. 그러자 두려운 표정을 짓던 방원들이 겨우 정신을 차렸고, 다들 벌벌 떨리는 자신의 손을 응시했다.

절강명의 온몸에 검은 기운이 씌워진다.

그의 손에 들려 있는 것은 방주를 상징하는 철령도였다.

"불퇴(不退)!"

검은 기운이 안개처럼 몰아친다. 시천마는 그것을 가만히 바라보고 있을 뿐이었다.

"그것이야말로 철중방이다!"

지켜보던 무인 몇의 어깨가 떨린다.

다가가기도 무서운 시천마의 기운 앞에서 절강명은 당당히 앞으로 걸음을 옮기며 내공을 피워 올리고 있었다.

"너희는 무인(武人)이다!"

그의 철령도가 시천마에게로 겨눠진다.

"망설이지 마라! 우리의 뒤에는……!"

절강명의 눈이 슬쩍 뒤쪽의 갈위를 향한다.

갈위의 당황해 어찌하지 못하는 모습을 본 그의 입가에 그려지는 희미한 미소는 검은 내공의 기운에 가려져 버린다.

"앞으로의 시대가 있다!"

고함.

그와 동시에 철중방의 무인들은 일제히 발을 굴렀다.

"천하철중!"

"천하철중!"

그 외침.

갈위는 전신이 찌릿거리는 것만 같았다. 모두가 정신을 차리며 무기를 적에게로 겨눈다. 시천월교의 무인들 역시 당황한 표정을 지으며 서로를 돌아볼 뿐이었다.

"훌륭하다."

시천마는 담담하게 말했다.

"지금까지 만난 이들 중… 자네 정도라면 인정할 수 있겠어."

절강명의 전신에 검은 기운이 씌워졌다.

흑왕.

철중방에 대대로 전해져 내려오지만, 아무도 제대로 익힌 자가 없었다고 하는 진정한 비전절기였다.

그것을 처음으로 다뤄낸 자, 절강명은 으드득 이를 악물며 서서히 상체를 앞으로 숙였다.

마치 검은 불꽃같다. 내공이 물결치며 그의 전신을 강화하기 시작했다.

그에 비해 시천마는 여전히 고요하다. 자신의 검, 천개를 내리며 희미한 내공을 이끌어낼 뿐이었다.

"내 검을… 받아내 보게."

그 웃음.

그 말을 끝으로 철중방의 모든 무인이 앞으로 달려 나가기 시작했다.

시천월교의 동란.

그 이후, 철중방의 멸문을 알리는 싸움이기도 했다.

*　　　　*　　　　*

갈위가 괴성을 지르는 모습은 마치 짐승을 보는 것만 같다.

소하는 그리 생각한 순간, 머리 위로 떨어지는 철령도를 보았다.

쩌저저정!

소하는 이전 마 노인의 환영과 싸웠던 때를 떠올리며 몸을 휘돌렸다.

발차기가 뻗어 나와 비어 있는 어깨를 올려 찼다. 보통이었다면 뼈를 부숴 버릴 정도의 경력이 실려 있었지만, 소하는 갈위가 한 걸음도 물러서지 않는 것을 보고는 눈살을 찌푸렸다.

그의 손이 소하의 발을 붙잡았다. 동시에 그는 마치 무기를 다루듯 소하를 잡아 그대로 허공으로 휘둘렀다.

쐐애애애액!

굉명이 날아들며 단숨에 갈위의 목을 후려쳤다. 베이지는 않더라도 목이 꺾여 버려야 할 만한 상황이었지만, 그는 고개를 옆으로 기울인 채 음산하게 소하를 돌아보고 있었다.

'외공……!'

소하는 그것을 깨닫자 인상을 찌푸렸다. 아마도 이 흑왕이라는 무공은 어마어마한 경도를 지닌 외공인 듯싶었다. 검은 내공으로 몸을 두르자마자 그는 도검불침(刀劍不侵)이라도 되는 양 행동하고 있었던 것이다.

콰르르르릉!

동시에 주먹이 쏘아졌다.

소하는 허리를 활처럼 휘며 땅을 박차 몸을 휘돌리는 것으로 갈위의 손아귀에서 풀려나며 허공을 날았다.

'굉명에 베이지 않았다.'

그에게서 거리를 둔 소하는 후우 하고 숨을 뱉으며 고개를 숙였다.

갈위는 바로 덤벼들지 않았다. 그저 조용히 몸을 구부린 뒤 까닥까닥 고개를 기울이고 있을 뿐이다.

철령도를 든 그는 손을 서서히 뒤로 향하기 시작했다.

검은 기운이 매섭게 칼날을 따라 솟구쳐 올랐다.

"이런……!"

그가 무슨 짓을 하려는 것인지 깨닫자 소하는 냉큼 자신의 허리춤으로 손을 향했다.

갈위의 팔이 휘둘러지는 순간, 검은 참격이 엄청난 속도로 주변을 붕괴시키며 소하에게로 돌진하기 시작했다.

"피, 피해!"

주변의 사람들이 비명을 지르며 물러섰다.

모진원 역시 쓰러진 장처인과 금하연을 붙잡고 단숨에 뒤로 성큼 뛰었다.

"서둘러라! 말려들기 전에!"

그는 자신의 내공으로 목연과 연사의 허리를 휘어잡으며 끌어당겼고, 두 명은 다급히 모진원의 쪽으로 향하며 고개를 돌렸다.

"무슨……!"

마치 해일 같았다.

소하에게로 부딪친 참격은 주변의 땅을 모조리 쓸어버리며 폭발하고 있었던 것이다.

콰아아아아아아!

먼지가 몰아친다. 당황한 모두가 고개를 숙이는 순간, 모진원은 흥미롭다는 듯 허, 소리를 냈다.

"흑왕… 철중방의 무공 중에서도 가장 비밀스러웠던 걸 여기서 보는군."

"위험합니다!"

마흠이 옆에서 달려오며 그리 소리쳤다.

"저 무공은 분명……!"

"육체를 극한까지 강화시키나 이성을 잃게 된다고들 하지. 실제로 시천마와의 싸움에서도 그랬었고."

주변에 다가오는 이는 모두 죽는다.

흑왕이란 바로 그러한 이력을 가지고 있기에 모두에게 두려움을 샀던 것이다.

그러나 마흠의 다급한 표정에 비해 모진원은 여유로웠다. 옆에 있는 금하연을 비롯한 모두가 의문스러울 정도로 말이다.

"물러설 필요는 없다, 마흠."

"저건 괴물입니다."

마흠은 자신이 그를 상대할 생각을 했다는 것 자체가 부끄러워질 지경이었다. 어마어마한 힘. 흑왕을 쓴 순간 갈위는 거의 초인에 다다른 자와 비슷한 힘을 보여주고 있었다.

모진원은 연기가 가라앉는 안쪽을 바라보았다.

"이쪽에도 괴물이 있지."

그리고 모두의 눈이 찢어질 듯 둥그렇게 변했다.

그 안에 서 있는 소하가 보였기 때문이다.

뽑아 든 연원과 굉명을 겹쳐 공격을 막아낸 소하는 이내 깊게 숨을 내쉬며 팔을 내렸다.

전신에 찌릿거리는 기운이 흐른다. 천양진기를 극대화시켜 충격을 해소하기는 했지만, 막아낼 수밖에 없을 정도로 강맹한 일격이었다.

소하는 눈을 들어 갈위를 바라보았다. 그는 마치 이성이 없는 듯, 범처럼 자세를 굽히며 다시 달려들 준비를 하고 있었다.

"흠."

선무린이 떠오른다.

소하는 자세를 잡으며 몸을 낮췄다. 이전 그에게서 느껴졌던 무지막지한 기세가 지금 흑왕을 펼친 갈위에게서 똑같이 전해지고 있었다.

이전이었다면 피하는 게 옳다고 여겼을 것이다. 청아와 함께 덤벼서 겨우 상처를 입힐 수 있었던 선무린이다. 그와 비슷한 경지에 이른 갈위를 이긴다는 건 불가능하기 때문이다.

그러나 지금은…….

소하는 천천히 손에 쥐어진 칼자루들에 힘을 주었다.

네 가지의 무공이 소하의 몸을 타고 돈다.

"시험해 볼 때야."

자신에게 그리 중얼거린 소하는 눈을 들어 앞을 바라보았다.

마치 네 노인이 등 뒤에 서 있는 것만 같았다.

그런 소하의 시선은 갈위에게도 느껴지고 있었다.

그는 당연히 소하가 피하리라 생각했다.

흑왕은 대부분의 이성을 침몰시키는 무공이지만 상대가 자신에게 어떠한 감정을 가지고 맞서는지는 느낄 수 있었다.

과거 흑왕을 펼친 절강명에게서 느껴진 것은 어마어마한 패력이었다. 따라서 지켜보는 갈위를 포함한 모든 철중방원들은 그들의 방주가 승리할 것이라는 사실을 믿어 의심치 않았었다.

하지만 그의 팔이 잘려 나갔었다.

늘 자랑하던 오른팔이 허공을 날며 검은 내공이 산산조각으로 부숴졌었다.

양팔을 잃은 채 힘없이 무릎 꿇던 절강명의 뒷모습은 아직까지도 갈위의 눈앞에 악몽처럼 들러붙어 있었다.

그리고 그의 눈은 소하를 향했다.

소하는 웃고 있었다.

그것에 분노가 일었다.

쩌렁쩌렁한 고함이 다시금 터져 나왔다. 목소리에 실린 내공은 아까와 같이 강렬하게 주변을 메웠고, 나뭇잎들이 우수수 떨어지고 가지가 꺾여 내릴 정도의 충격이 찾아왔다.

밉다.

갈위는 자신의 감정이 어떤 것인지 깨달았다. 지금 소하에게서 느껴지는 건 그 당시의 시천마였다.

그것을 용서할 수 없었다.

철령도를 부서져라 붙잡은 갈위의 몸이 이내 섬전이 되어 쏘아져 나갔다.

단숨에 소하를 조각 내 철중방의 무공이 얼마나 강한지를 세상 모두에게 알리고 싶었다.

갈위의 눈앞에 번개가 일었다.

콰자자자자작!

갈위는 숨을 토해냈다. 몸이 허공으로 날았다. 눈앞에 거대한 벽 하나가 날아드는가 싶더니만 전신이 휘돌며 공중으로 튕겨 나갔던 것이다.

광천도법으로 갈위의 공격을 막아낸 뒤 가볍게 오른손을 앞으로 찔렀다.

허공을 메우는 은빛.

순식간에 그어지는 칼날이 매서운 소리를 내며 갈위의 전신을 상처 입혔다.

쩍! 쩍! 쩍!

검은 내공에 금이 간다. 백연검로의 일격 일격을 견뎌내기 버거운 것이다.

갈위는 철령도를 양손으로 부여잡았다.

"카아아아악!"

"이제 말도 못 하나 보네."

소하는 자신에게로 도를 내리찍는 그를 바라보며 눈을 돌렸다. 천양진기에 몸이 감싸진 소하는 그야말로 번개처럼 꺾어지며 단숨에 갈위의 품으로 파고들었다.

발차기.

천영군림보가 펼쳐지며 갈위의 몸에 둔중한 충격이 수십 번 가해졌다.

"크으으으으!"

그의 입에서 고성이 터져 나오며 왼팔이 휘둘러졌다. 흑왕을 펼치면 전신이 모조리 흉기와도 같은 위력을 지니게 된다.

칼을 든 쪽이 아니라도 맞으면 살을 찢고 뼈를 부술 수 있다는 말이다.

그러나 소하의 몸은 안개가 되어 사라진다. 동시에 그가 내뻗은 참격은 단숨에 뒤쪽을 박살 내려 했다.

콰지지직!

갈위의 손이 다급히 그 참격을 붙잡아 깨부쉈다. 뒤쪽에는 철중방원 두 명이 미처 피하지 못하고 쓰러져 있었기 때문이다.

그 순간 소나기 같은 검줄기가 그의 몸을 두들겼다.

콰콰콰콰콰!

밀려나는 모습. 그는 칼을 휘두르려는 어깨를 얻어맞자 견딜 수 없다는 듯 고개를 뒤흔들었다.

그 순간 갈위의 두 눈이 커다랗게 흔들렸다.

눈앞에는 질풍처럼 날아든 굉명이 휘둘러지고 있었다.

쩌엉!

소하가 온몸의 내공을 전개하자, 그의 몸이 옆으로 튕겨 나가며 땅을 데굴데굴 굴렀다.

소하는 휘두른 자세 그대로 착지하며 굉명을 어깨에 걸쳤다.

먼지가 인다.

두 명의 차이는 그 순간 명확해졌다.

"허어."

모진원의 입에서 바람 빠지는 소리가 흘렀다. 금하연을 비롯한 모두가 그를 바라보자 모진원은 허탈하게 중얼거렸다.

"굉천도의 힘을 완벽히 계승했군."

방금 전의 움직임은 풋내기가 할 만한 것이 아니다. 단순히 하나하나의 무공을 제대로 쓰는 것이 아니라, 네 무공을 동시에 연계(連繫)했다.

천양진기의 기운을 천영군림보에 실어 급작스럽게 가속했고, 동시에 굉천도법과 백연검로를 펼쳐 그의 공격을 모조리 봉쇄해 버렸다.

게다가 마지막으로 휘두른 굉명의 일격은 모진원조차도 궤적을 알아볼 수 없었다.

굉천도법의 쾌속함을 따라잡은 것이다. 그는 인상을 찡그릴 수밖에 없었다. 젊은 소하의 성취를 도저히 믿기 어려웠던 탓이다.

"내가 판단을 잘못했군."

마흠은 문득 놀란 눈으로 모진원을 바라보았다. 평소 자존심이 센 모진원이 그런 말을 꺼낼 줄은 몰랐기 때문이다.

"괴물 따위가 아니야."

소하의 방금 일수는 받아낼 자가 무림에 얼마 되지 않는다.

"초인… 그것도."

허탈할 수밖에 없었다.

자신이 그렇게나 찾아 헤매던 경지에 이미 도달해 있는 젊은이라니.

"하늘 위를 볼 수 있는 자로군."

모두들 그 말의 진의를 알아듣지 못해 멍한 표정만을 짓고 있을 뿐이었다.

한편, 소하는 천천히 굉명을 내리며 고개를 까닥였다. 점차 천양진기는 급격히 소하의 몸에 부하를 가하고 있었다.

'십육식은 아직 힘들어.'

조금 전 순간적으로 굉명을 휘두르는 순간 천양진기를 십육식으로 개방했었다. 그렇기에 소하의 속도에 익숙해져 가던 갈위가 따라잡지 못했던 것이다.

그러나 이런 방식은 처음 한두 번이나 제대로 효과를 발휘하지 상대가 사실을 알게 된다면 의미가 없다. 소하는 숨을 고르며 서서히 천양진기의 기운을 낮췄다.

일단 팔식에 이르러서도 거의 초인에 가까운 힘을 보일 수 있다. 그러나 갈위 역시 흑왕을 통해 그에 다가간 상태였기에 소강상태가 오래 지속될 것만 같았다.

"어디……."

소하는 가볍게 어깨를 흔들었다.

갈위는 이제 경계하고 있다. 적이 어떤 무기를 숨기고 있는지 제대로 알지 못했기에, 짐승의 본능으로 잠시 물러선 것이다.

"이번엔 이쪽에서!"

소하의 외침이 들린 순간, 그의 몸이 사라졌다.

"뭣!"

마흠은 놀라 고함쳤다. 소하의 모습을 놓쳤다. 그리고 어느새, 소하는 갈위의 앞에 있었다.

"추, 축지(縮地)?"

마흠의 머릿속에 떠오르는 것은 바로 신선들이나 한다는 축지법(縮地法)이었다. 그러나 모진원은 고개를 저을 뿐이었다.

"절정에 이른 천영군림보다."

"…예?"

마흠에게는 더욱 놀라운 일일 수밖에 없었다. 금하연과 목연, 연사도 놀란 표정을 짓고 있는 차였다.

"그건 분명… 십이능파 구 대협의!"

천하오절의 이름을 모르는 자가 있을까?

"그렇지."

모진원은 어이없다는 듯 허허 웃음만 흘릴 뿐이었다.

"그것도… 제대로 배웠군."

쑤칵!

연원이 거칠게 공기를 잘랐다.

놀란 갈위는 몸을 뒤로 젖히는 것으로 연원을 피해냈지만, 그 순간 굉명이 앞으로 찔러 들어오며 그의 어깨를 공격했다.

쫘지지징!

검은 내공에 쩍쩍 금이 가더니만, 이내 소하는 체중을 실으며 땅을 박찼다. 단숨에 어마어마한 경력이 실려 들어가며, 갈위의 몸도 함께 허공을 날았다.

"카아아아아악!"

그의 입에서 괴성이 터져 나오자, 소하는 즉시 몸을 빙글 돌리며 발을 위로 올려 찼다.

빡 소리와 함께 갈위의 입이 닫히며 동시에 핏물이 터져 나왔다. 미처 검은 내공으로 보호하지 못해 혀를 깨문 탓이다.

"소리를 자꾸 지르니……!"

소하는 발로 찬 자세 그대로 연원을 내려쳤다.

"그렇게 되지!"

소하는 칼로 땅을 내려치는 반동으로 팅겨져 올랐고, 단숨에 허공을 점하며 옆으로 꺾어졌다.

"하, 하늘을……."

목연은 입을 쩍 벌렸다.

소하는 방금 허공을 걸어차며 운신(運身)했던 것이다.

"허공답보(虛空踏步)!"

괴성이 터져 나왔다. 마흠의 것이다.

모진원은 쯔쯔 소리를 내며 한숨을 내뱉었다.

"너무 놀라지 마라. 초인에 이른 이라면 가능한 일이니까."

"하, 하지만……."

"물론… 오절이나 되어야 가능하단 이야기지."

모진원은 이마를 짚으며 중얼거렸다. 그 자신도 믿기지 않은 탓이다.

갈위의 몸이 흔들린다. 갑작스레 얻어맞은 충격에 입에서는 꾸역꾸역 피가 배어나오고 있었다. 짐승의 본능으로 그는 이 상황이 몹시 위험하다는 사실을 눈치챘다.

적이 온다.

거기까지 생각이 미치자, 갈위는 거칠게 눈을 돌렸다. 소하의 모습을 찾으려는 것이다.

앞에는 없다.

옆도 마찬가지다.

멍하니 앞을 바라보던 갈위는 이내 쩌르렁하는 소리가 허공에서 울려 퍼지는 것을 알았다.

그곳에는 굉명을 휘두르고 있는 소하가 있었다.

시선이 마주친다.

"어지간하면."

히죽 웃음 짓는 소하의 모습.

핏물이 허공에 날렸지만 그는 전혀 아프지 않다는 듯 웃고 있었다.

"쓰지 않으려 했는데……!"

굉명이 울부짖었다.

갈위는 본능적으로 방어를 위해 손을 들어 올렸지만, 굉명은 그것마저 깨부수겠다는 듯 무지막지한 기세로 내려쳐졌다.

"고개를 숙여라!"

모진원의 고함과 동시에 그의 내공이 주변을 내리눌렀다. 소하의 공격에 휘말리기 전 사람들을 압박해 쓰러뜨리기 위해서다. 당황한 이들은 저도 모르게 아래로 고개를 처박을 수밖에 없었고, 동시에 마흠과 모진원은 내공을 끌어 올렸다.

콰아아아아아아!

굉천도법의 붕망!

굉명에서 어마어마한 기세가 터져 나오며 동시에 폭풍이 몰아쳤다.

*　　　　　*　　　　　*

패배를 인정해라.

그는 그렇게 말했었다.

싸늘하게 식어버린 시체를 밟으며 오롯이 서 있는 자.

먹구름이 가신 하늘에서 한 줄기 빛이 내리쬐어 그의 모습을 비추고 있었다.

마치 하늘이 선택한 것만 같았다.

어린 갈위는 그것을 보며 숨을 삼킬 수밖에 없었다.

강하다.

절강명의 시신, 그리고 수많은 철중방의 인원이 주검이 되어 쓰러져 있음에도 그는 여전히 아무렇지 않았다.

"너희를 살려주마."

시천마는 그리 말했다. 피를 잔뜩 머금은 검을 들어 올리며 살아남은 이들을 겨누었다.

"가서 널리 알려라."

말을 하는 그의 눈에는 여전히 아무 감정도 들어 있지 않았다. 사람들은 그것을 더욱 두려워했다. 저자는 사람이 아니라 그 너머의 무언가라면서 말이다.

하지만 어린 갈위에게는 그 무감정한 눈이 다르게 다가왔다.

이자는 흥미가 없는 것이다.

약한 자들에게, 그리고 자신을 상대할 자가 어디에도 없는 현실에 말이다.

오직 유일(唯一)한 자만이 가질 수 있는, 바라볼 수 있는 세상이다.

"이제 사라져라. 약자들아."

광오하다 느낄 수 있는 말이지만, 여기 있는 모두는 그의 말 한 마디, 한 마디에 움찔거리며 몸을 떨고 있었다. 그의 말이 사실이라고 인정해 버린 탓이다.

　"도망치고 도망쳐서 모두에게 알려라."

　칼이 내려간다.

　동시에 어마어마한 기압이 모두를 뒤덮었다.

　"진정한 무(武)를 지닌 이에게 말이다."

　굉음이 일었다.

　모두가 도망친다.

　갈위는 자신의 허리를 붙잡는 사형의 모습을 보았다. 그는 눈물을 흘리며, 도저히 어찌할 수 없다는 듯 갈위를 데리고 도망치는 중이었다.

　시천월교의 인물들, 그리고 그 가운데에 서 있는 시천마가 멀어진다.

　그때부터 갈위는 무가 무엇인지 알았다.

　자신도 그렇게 되고 싶었다.

　죽어버린 시신을 바라보지 않은 채, 어린 갈위는 그리 생각했다.

＊　　　　＊　　　　＊

　폭풍이 가라앉자 싸늘한 고요가 주위를 맴돌았다.

담이 무너지고, 바닥에 깔린 자갈들이 온통 흐트러져 있는 모습이다. 사람 둘이 맞붙었다는 것을 상상할 수 없을 정도였다.

모두가 상황을 주시하고 있었다. 유가장의 무인들은 쉽게 다가갈 생각도 하지 못하고는 두려움에 떨고 있었다. 소하와 갈위의 무공을 보고 질려 버린 탓이다.

자신의 상상을 아득히 초월하는 어마어마한 상승 무공의 대결에 모두 손이 벌벌 떨려오는 걸 느끼고 있었다.

쿠르륵!

소하는 먼지 속에서 한 걸음을 옮겼다. 자갈들이 밟히는 소리가 요란했다.

그리고.

"아직 일어날 만하죠?"

그 질문이 닿은 곳에 엉망이 된 채로 비틀거리고 있는 갈위가 있었다.

전신을 뒤덮은 검은 내공은 모조리 깨어져 나갔다. 철중방의 비전인 흑왕마저도 소하와의 싸움을 견디지 못했던 것이다.

"왜… 죽이지 않았지……?"

한순간 과거가 보인 것만 같았다. 그 당시의 씁쓸함만이 어지럽게 목을 타고 올라올 뿐이다.

다시 싸우려 해도 몸은 이제 한 줌의 기운도 없다는 듯 생각을 따라주지 않았다.

소하는 조용히 굉명을 등에 걸쳤다. 마치 소중한 보물을 다루는 양 조심스러운 손길이었다.

"그러고 싶지 않았으니까."

"흐, 흐!"

갈위의 입에서 음산한 웃음이 터져 나왔다.

"너도 나에게… 철중방에… 굴욕을 주려는 거냐……!"

그는 바닥에 꽂혀 있는 철령도를 바라보았다. 집으러 갈 기운은 남아 있지 않았다. 모든 철중방원들이 두려운 표정으로 넝마가 된 갈위를 주시할 뿐이다.

전신에 피칠갑을 한 채, 그는 힘겹게 고개를 주억거렸다.

"차라리… 죽여라……. 나에게… 자존심을……!"

"자존심이 있었으면."

소하는 연원을 칼집에 넣으며 눈을 들었다.

"이런 짓을 하지 말았어야죠."

"……."

스스로의 행동이 비겁했다는 것을 알고 있다. 그러나 철중방을 어떻게든 유지하기 위해서는 다른 세력의 도움이 필요했다. 절정 고수들을 모조리 잃은 철중방이 다시 살아날 가능성은 없다고 봐도 무방했기 때문이다.

"죽여라."

"싫은데요."

소하는 혀를 차며 고개를 저었다.

"그냥 물어보고 싶은 게 있을 뿐이에요. 왜 내가 그래야 하는지도 모르겠고."

소하가 철중방원들에게로 시선을 돌리자, 모두가 눈을 맞추지 못하고 고개를 숙일 뿐이었다.

"당신들하고 같아지기도 싫어요."

사람을 죽인다는 건 끔찍한 일이다.

소하는 그것을 알고 있었다. 이전 척 노인이나 마 노인이 말했던 '힘에 취한 머저리들'이 어떤 방식으로 자신의 힘을 휘두르는지 얼추 느낄 수도 있었다.

천양진기가 가라앉는다.

뺨이 시원해지며 곧 바람이 일렁이기 시작하는 것에 그곳의 모두는 같은 것을 느낄 수 있었다.

이 공간은 이제까지 소하의 내공으로 뒤덮여 있었다는 사실을.

소하는 무상기와 같이 천양진기를 응용해 새로운 방식으로 사용했다.

애초부터 자신의 움직임이 모조리 간파당할 수밖에 없었다는 것을 깨달은 갈위는 허탈한 숨을 내뱉었다.

"왜지……?"

무림은 강자존.

강하지 못하면 살아남을 수 없는 세상이다.

"나에게서 무인의… 마지막 자존심을……."

"그런 것치고는."

소하는 슬쩍 눈을 돌렸다. 그곳에는 아까 전 갈위의 공격에 휘말릴 뻔했던 철중방원들이 있었다.

"부하들을 살리려 하던데요."

흑왕은 이성을 앗아간다.

그런 와중에도 그는 자신의 공격을 억눌러 부하들을 지키려 했다.

소하는 그렇기에 그에게 치명적인 일격을 가하지 않았다.

하지만 그의 말에도 갈위는 몸을 부르르 떨 뿐이었다.

"나는 무인이다! 무인에게서 무를 앗아간 이상……! 나는 아무것도 아니란 말이다!"

그 목소리에는 울분마저 섞여 있었다.

이전, 흑왕을 펼치고도 패배했던 절강명의 뒷모습이 겹치는 것만 같았다.

그의 시신을 보고서도 시천마의 위용에 정신을 차리지 못했던 자신이 혐오스러웠다. 갈위는 그렇기에 차라리 여기서 소하에게 죽었으면 했던 것이다.

"사람이 남아요."

"뭐……?"

소하는 가볍게 굉명을 어깨에 걸쳤다.

"무인(武人)에게서 무(武)가 사라진다면."

모진원의 눈에 이채가 감돌았다.

소하의 기운이 일순간 잦아드는 것과 동시에 그는 눈을 들어 옆쪽을 바라보았다. 다행히 장처인의 숨은 제대로 돌아와 있었다.

"사람이 남아요."

인(人).

고요하다.

고개를 숙인 갈위는 희미하게 입술을 떨었다.

"뭘 묻고 싶은 거냐."

소하는 흠 소리를 내며 주변을 둘러보았다. 갈위를 데리고 있을 장소가 마땅치 않았기 때문이다. 그러던 중 소하의 눈이 슬쩍 모진원에게로 향했다.

"돕겠네."

모진원의 답에 유태훈은 다시 놀랐다.

"모, 모 대협!"

"방이나 준비하게, 유 장주. 아무래도……."

그는 미소를 지었다.

마흠은 잠시 놀랄 수밖에 없었다. 모진원이 저리도 기뻐하는 얼굴을 할 줄은 몰랐기 때문이다.

"제법 재미있는 일들이 일어날 것 같으니 말일세."

＊　　　＊　　　＊

"대단하시군요."

성중결의 목소리에 고개를 숙이고 있던 혁월련은 눈을 들어 올렸다.

"이 정도쯤은."

그의 목소리에는 진득한 살기가 배어 있었다.

"천마로서 당연한 일이죠."

고통스러운 표정을 지은 채 죽어 있는 열 명의 시신이 보인다. 성중결은 그들을 살펴보며 천천히 피범벅이 된 바닥을 걸었다.

"모두 고수라고 인정받던 이들입니다."

"그래요? 비참할 정도로 쓸모없던데."

혁월련의 입가에 비릿한 미소가 번지고 있었다. 그가 들고 있는 검은 이제 붉은 핏물로 물들어 섬뜩한 기운만이 흐를 뿐이다.

"천개는 좋은 검입니다."

시천마의 검.

일찍이 성중결 역시 그 검을 상대해 본 적이 있기에 혁월련의 손에 쥐어진 천개가 다시금 과거를 떠오르게 만들고 있었다.

"피를 많이 묻히게 되면 무뎌질 수도 있는 일이지요."

"흐."

혁월련은 자신의 바지에 칼날을 닦으며 웃음을 내뱉었다.

"칼은 칼일 뿐이죠."

잘 베어지면 그뿐.

혁월련은 천하제일의 검이라 불리던 천개마저도 그리 평가하고 있었다.

"시천무검에 또 한 번 진전이 있으셨던 것 같습니다."

시천무검은 강자의 검.

누군가를 상대할 때 더욱더 강해진다. 그것이 시천마가 늘 이야기하던 시천무검의 본질이었다. 이제 혁월련의 힘은 성중결마저도 쉽사리 좌시할 수 없을 정도로 강대해져 있었다.

"먹어치운 것도 제법 됐으니까요."

손가락을 까닥거리며 고개를 기울이던 혁월련은 이윽고 천천히 몸을 일으켰다. 그러고는 이내 고통스러운 듯 큭 소리를 내며 상체를 숙이기 시작했다.

시천무검을 펼친 대가가 몸을 엄습해 오는 것이다. 인간의 한계를 초월한 움직임은 그만큼 육체를 훼손시킬 수밖에 없었다.

성중결은 허리춤을 쥐어 잡은 혁월련을 씁쓸한 눈으로 바라보았다. 그는 주머니에서 무언가 붉은 단약 하나를 꺼내더니, 이내 허겁지겁 입으로 집어넣고 있었다.

잠시 뒤, 핏줄이 가득 설 정도로 고통스러워하던 혁월련의 표정이 다시 편안해지는 모습이 보였다.

"괜찮으십니까."

"뭐, 이 정도는……."

몸을 안정시킨다는 단약, 그것 역시 시천마가 남긴 곳에서 혁월련이 가지고 온 물건이었다. 환열심환처럼 어마어마한 효능을 지닌 것은 아니지만 육체를 더욱더 강화시키고 내공을 증진시키는 모양이었다.

"예전에 구경할 때에는 몰랐었는데."

그의 입가에 미소가 걸린다. 누가 보면 흉악하다고 도망칠 정도로 혁월련의 새하얀 피부 위에는 끔찍한 감정이 실려 있었다.

"역시 사람은 직접 죽이는 게 더 재밌네요."

성중결은 아무 답도 하지 않았다.

"슬슬 움직이실 때입니다."

"그 작자들도 이제 생각이 바뀌었겠죠."

크흐흐, 하고 웃음을 내뱉은 혁월련은 이윽고 몸을 들어 올렸다. 팔과 다리를 망가뜨리던 시천무검의 부하는 이제 어느덧 줄어들어 있었다.

"세상에 알려주도록 해야겠어요."

핏물로 이루어진 길.

혁월련이 즐거워하며 도망치는 이들을 마구 베어나갔던 자리에는 혈로(血路)가 길게 새겨져 있었다.

"시천월교가 사라지지 않았음을."

핏물이 아직 남아 있는 칼을 칼집에 집어넣으며 혁월련의
몸이 서서히 성중결을 지나쳤다.

"천마가 다시 나타났다는 것을 말이죠."

그리고 나가 버리는 혁월련의 모습에 성중결은 조용히 자리
에 서 있었다.

점점 그는 강해져 가고 있다.

이제 무림에서 같은 연배라면 혁월련에 대적할 자는 한 손
가락으로 꼽을 정도일 것이다. 그러나 시천무검은 강한 적과
싸울수록 더더욱 강해진다. 그렇기에 이제 곧 그는 무림에서
가장 강한 자가 되리라.

"천마의… 재림이라."

성중결은 고요히 그렇게 뇌까릴 뿐이었다.

*   *   *

"자."

소하는 자리에 앉으며 어깨를 두들겼다. 그의 옆에는 금하
연이 앉아 손수 붕대를 감아주고 있는 참이었다. 아무리 환열
심환의 회복력이 있다 해도 붕망을 펼친 부하가 그만큼 심각
했기 때문이다.

갈위는 초조한 눈으로 주변에 앉은 이들을 바라보았다.

"서약사 모진원이 이곳에 있을 줄은."

"아마도 자네를 보낸 이는 나를 데리고 가려는 목적에서 이 일을 벌인 것이겠지."

유가장에 대한 심각한 위협, 더군다나 유태훈의 뇌물에도 분가를 괴롭힐 뿐 근본적인 위협은 없어지지 않았었다.

갈위의 시선에 그는 알 듯 모를 듯한 미소를 지을 뿐이었다.

"누가 명령한 거죠?"

소하의 목소리는 여전히 싸늘했다. 아무리 갈위가 이야기를 할 기분이 들었다고는 해도 소하에게 있어 그는 여전히 아버지를 위협했던 적이기 때문이었다.

"백면."

갈위는 그리 말하며 눈을 돌렸다.

"그들이 내게 말했지."

"역시 백영세가의 짓이었나."

'백영세가?'

소하는 인상을 찌푸렸다. 갑작스레 그 이름이 이곳에서 나올 줄은 몰랐던 것이다.

"하긴 자네는 그곳에 있었으니 의문스러울 수 있겠군."

모진원은 턱수염을 쓰다듬으며 고개를 주억거렸다.

"백면의 세력은 점차 넓어졌지. 천회맹이 제대로 손을 쓰지 못했던 상회(商會)를 백영세가의 자금력으로 차지했고, 그것으로 더욱 돈을 불려 여러 문파의 고수들을 사들였네. 이미…

그들은 천하제일의 힘을 갖추려 하고 있다고 하더군."

백영세가 강해지자 천회맹은 급박하게 그들을 막으려 했지만 이미 때는 늦어 있었다.

"요즘 들어 천회맹의 세력이나 중립에 선 이들을 조여대는 이들이 있다고는 들었는데… 결국 백면이 한 짓이었나."

"그런 일을 용서받을 수 있을 리가……!"

당황한 금하연의 말에 모진원은 씩 웃을 뿐이었다.

"그들에게는 대의가 있네."

"그게 뭐죠?"

소하의 물음에 가만히 있던 갈위가 말문을 열었다.

"서장무림을 막아내는 것."

서장의 무인들. 그 소문에 대해서는 여기 있는 모두가 익히 들어온 터다.

"그래서 백면은 강한 자만 있다면 과거는 중요하지 않다고 말했었지."

철중방의 말예(未裔)들은 그 말에 끌렸다. 그렇기에 갈위는 자신의 힘으로 다시 한 번 철중방의 생존을 보여주기 위해 그 곳으로 향했던 것이다.

"이미 서장무림의 무인들은 공공대적(公共大敵)으로 모든 무림인들에게 쫓기고 있다. 서장의 힘이 있다면 버틸 수 있을 줄 알았나 보지만 그러한 시대는 이미 지났지."

소하는 수라도를 떠올려 보았다. 확실히 그 정도의 실력이라면 어느 정도의 고수와는 싸울 수는 있겠지만 선무린과 같은 이와 대적한다면 순식간에 죽고 말 것이다.

"천하오절과 같은 영역에 이르고자 하는 이들이 많아지고 있다."

시대는 변한다.

서서히 강함의 기준 역시 올라가고 있던 것이다.

"서장 놈들은 아마도 근시일 내에 전부 잡혀 죽겠지. 그리고……."

"가장 큰 공을 세운 건 백영세가가 되겠네요."

"바로 그렇다."

백면의 목적은 바로 정당성의 획득이다.

천회맹에서도 노력하고 있다지만 그들은 내부의 고수들이 유출되어 가는 사태를 막는 데 급급한 실정이었다.

"지금도 남은 서장 놈들을 쫓고 있다던데, 아마도 곧 끝나겠지."

갈위는 조용히 툴툴거렸다.

원래 자신도 그 임무를 지원했지만 유가장의 위협을 명령받았기 때문이다.

"흠… 서두르는군."

모진원은 이상하다는 듯 고개를 갸웃거렸다.

굳이 그럴 이유가 있다는 것일까?

"갑작스레 그리 나설 것 없이 차근차근 조여가면 자연스레 천회맹이 무너질 텐데 말이지."

"최근 들어 다루기 힘든 작자들이 들어와서일 거요."

"다루기 힘든 작자?"

모진원의 흥미롭다는 목소리에 그는 고개를 끄덕였다.

"최근에 문파들을 없애고 다니는 놈이 있지. 우리들 사이에
서는 그냥 상대하면 안 되는 놈이라고 피하고는 있지만… 그
놈은 적어도 이쪽 정도의 고수일 거요."

소하를 가리키는 손에 모두가 당황할 수밖에 없었다. 이미
소하의 무공은 거의 천재(天災)라고 할 급에 도달해 있었기 때
문이다.

"초인에 이른 자라……. 새로운 무인이 또다시 등장했다는
겐가?"

"나도 잘은 모르지만 위험하다는 건 확실하지."

갈위의 말에 소하는 흐음 소리를 냈다.

"서장무인이라……. 흠, 나는 잘 모르는 일이군. 워낙 무림
사에는 관심이 없었으니까."

모진원은 턱을 긁적거리며 소하를 흘깃 바라보았다. 그가
이런 이야기를 듣고 어떤 표정을 짓나 의문스러웠기 때문이
다.

그러나 소하는 여전히 담담한 태도로 앉아 있을 뿐이었다.

"내가 아는 건 여기까지요."

갈위는 흠 하고 고개를 숙였다.

"거짓은 없소."

누가 듣기에도 그럴 만한 말투였다. 소하는 가만히 이야기를 듣다 고개를 천천히 들어 뒤로 젖혔다.

"어쩔 건가?"

모진원의 은근한 목소리가 울렸다.

"자네가 관여하지 않아도 될 법하네만. 아니면……."

씩 웃는 그의 얼굴은 마치 소하를 부추기는 것만 같았다.

"천하제일이라도 되어보고 싶은 건가?"

"그건 너무 피곤할 것 같아요."

소하는 담담히 답했다.

"느긋하게 살고 싶어서요."

"하하하하!"

모진원의 입에서 웃음이 터져 나왔다. 그는 정말로 유쾌하다는 듯 고개를 주억거리고 있었다.

"천하제일이 피곤하다라! 그거 참 재밌군."

그는 고개를 절레절레 흔들더니만, 이윽고 소하를 쳐다보며 말했다.

"환열심환은 온전히 자네의 것이네. 비록 나는 시천마의 그림자에 짓눌려 방황했지만……."

천천히 모진원의 입가에 유쾌한 웃음이 걸렸다.

"녀석은 제 주인을 찾아갔던 모양이로군."

소하는 가만히 자신의 손을 내려다보았다. 어릴 적의 기억이 떠올랐다.

환열심환이 있었기에 노인들을 만날 수 있었다.

그것을 먹었기에 무공을 익힐 수 있었다.

"감사합니다."

소하는 그렇기에 모진원에게 감사를 표했다.

그가 아니었다면 아마 소하의 삶은 이어지지 못했을 것이다.

"감사할 건 나라네."

모진원은 수염을 쓰다듬으며 바닥으로 시선을 향했다.

"평생 무공에 대해 매달려 살아왔었지."

그러나 그는 강자를 만났다. 자신의 인지를 초월하는, 절대로 닿을 수 없는 거대한 벽을 만났다.

그렇기에 좌절할 수밖에 없었다.

무슨 짓을 한다 해도 그에게는 다다를 수 없었기 때문이다.

"하지만……."

소하가 외치던 목소리가 떠올랐다.

분명 뭇 사람들은 소하가 어리석다고 말할지 모른다.

어린아이의 궤변이라고 소리 높여 비난할지도 모른다. 그러나 모진원은 아무래도 좋았다.

그들은 그들의 세계에 살면 되는 것이다.

그 말이 아주 조금이라도 누군가의 마음을 움직였다면.

"처음으로 길이 보인 것만 같았어."

그것으로 충분하니까.

"고맙네."

늙수그레한 그의 얼굴에 밝은 미소가 흘렀다.

第二章
경중

사방에 소란이 인다.

"저기다!"

"수풀 쪽으로 들어갔다!"

푸확!

한 명의 몸이 허공을 난다. 정확히 말하자면, 뜯어져 나간 상반신의 조각이 달빛에 비쳐 붉은 핏물을 흩뿌리고 있었다.

사람의 살이 뜯기고 부서지는 소리에 추격자들의 눈에는 짙은 살기가 맴돌았다. 오늘만 해도 벌써 그들이 쫓는 대상에게 잃은 동료만 해도 스물을 넘는다. 모두가 무기를 꽉 움켜쥐며, 분노에 찬 고함을 내뱉었다.

"저쪽이다! 잡아라!"

"죽여!"

괴성과 함께 우르르 몰려가는 무인들의 모습 끝에는 수풀 속을 달리고 있는 한 중년인이 비쳤다.

피로 물든 가사를 걸친 자다. 그는 으득 이를 악물며 자신의 온몸을 희미하게 휘돌고 있는 비췻빛 기운을 내려다보고 있었다.

'금강야차공도 한계다.'

쫓긴 지 어느덧 나흘이 지났다. 그동안 어마어마한 양의 무인을 죽였지만, 그들은 동료가 죽으면 죽을수록 맹렬하게 분노를 토하며 뒤를 쫓고 있었다.

중원무림에 파견된 여섯의 서장무인 중 여섯째인 지옥도(地獄道)는 몸을 부르르 떨며 인상을 찡그렸다.

'망할 놈들이······!'

어느덧 육체에 생기기 시작한 찰과상도 여러 개다. 칼날을 막아낼 수 있는 금강야차공이라고는 해도, 서서히 내공이 소진되기 시작한 지금에 와서는 절대적인 방어를 자랑할 수 없었던 것이다.

"여기다!"

소리와 함께 아래에서 취리릭 하고 무언가가 날아들었다.

밧줄, 그것을 깨달은 순간 지옥도는 자신의 양손을 허공에 쳐냈다.

퍼엉!

그와 동시에 떠오른 그는 자신의 발목을 옥죄려는 밧줄을 피해내며 몸을 구부렸다.

번개처럼 쏘아진 발길질이 밧줄을 던진 무인의 목을 뒤로 부러뜨려 버렸다. 단숨에 절명한 채로 목을 늘어뜨리는 모습이다.

"훅!"

그는 이내 숨을 삼키며 빠르게 땅을 손으로 짚었다. 머리를 노리고 날아온 비도 때문이다.

채채챙!

동시에 하나를 손으로 붙잡아 다른 것들을 쳐내자, 곧 주변이 잠잠해지고 있었다.

'음…….'

지옥도의 인상이 굳어졌다.

쫓아오는 이들은 맹수(猛獸)가 아니다. 조금이라도 약한 모습을 보였을 때 덤벼들어 적의 목줄기를 물어뜯는 것을 목적으로 삼지 않았던 것이다.

그저 뒤쫓는다.

조금도 잘 수 없도록, 무언가를 먹을 수 없도록 감시하며 서서히 좁혀올 뿐이다.

천라지망(天羅地網).

그 이름을 알지 못하는 지옥도는 정정당당히 덤벼오지 않는 무인들 때문에 으드득 이를 갈 뿐이었다.

그는 자신이 죽인 무인에게서 흐른 피를 할짝 핥으며 빠르게 땅을 박찼다.

거리를 둬야 한다. 그들에게서 피해 물이라도 한 모금 마시기 위해서는 열이 넘는 자들의 공격을 견뎌내야만 했다.

카라라라락……!

소리가 인다.

"또인가!"

지옥도는 동시에 자신에게로 닥쳐오는 두 쌍의 사슬을 보고는 양손에 금강야차공을 집중했다.

촤르륵 소리와 함께 휘감기는 사슬, 그는 그것을 붙잡는 순간 세게 당겼고, 사슬을 던진 무인은 그 힘에 딸려 나오며 새파랗게 질린 표정을 지었다.

사람의 몸을 손으로 당겨 버릴 수 있는 힘이 남아 있을 줄 몰랐기 때문이다.

퍼어억!

동시에 사슬을 내던지자, 자신이 든 사슬에 머리를 적중당한 무인 두 명은 바로 코 위부터가 박살 나며 땅으로 주저앉았다.

"후욱!"

지옥도는 뒤에서 솟구치는 무인들을 보고는 인상을 찡그렸다.

"무림공적!"

"서장 놈들! 쉽게 도망갈 수 있으리라 생각지 마라!"

지옥도의 양손에서 비취빛이 궤적을 그렸다.

쩌어어엉!

달려든 이가 뒤로 튕겨 나가며, 오공(五孔)에서 피를 쏟아냈다. 내공의 충격에 체내가 온통 분탕질이 되었던 것이다.

하지만 내공을 집중한 대가로 다른 한 무인의 칼날이 지옥도의 어깨를 스쳤다.

"윽……!"

"해냈다!"

젊은 무인의 얼굴에 환희가 깃들었다.

"드디어 내가……!"

동시에 휘둘러진 지옥도의 주먹이 그의 머리를 박살 내버렸고, 핏물이 푸확 소리를 내며 터져 나오자 지옥도는 인상을 잔뜩 찡그리며 자신의 상처를 손으로 감쌌다.

어설프게 베이기는 했지만 이런 식으로 계속해서 상처를 입어가면 위험하다.

달빛이 어린 갈대밭에 멈춰 서자, 사람들의 그림자만이 어른어른 눈앞을 메울 뿐이었다.

셀 수 없을 정도로 많다.

서장무인을 척살해야 한다는 정의감에 불타고 있는 자들이 그만큼 많았던 것이다.

"네놈들!"

지옥도의 입에서 고함이 터져 나왔다.

"부끄럽지도 않은가! 중원의 무인들은 모조리 그렇게 겁쟁이란 말인가!"

그의 온몸에서 금강야차공이 터져 나왔다. 이제 퇴로가 막혀 버렸다는 것을 깨닫고, 온힘을 다해 조금이라도 더 적을 없애기 위해서였다.

"당당히 덤빌 생각은 없는 거냐!"

"그건."

뒤에서 이죽대는 한 남자가 보인다. 얼굴에는 붉은 가면을 쓴 홍귀는 도 하나를 어깨에 걸친 채로 비아냥거렸다.

"사람 사이에나 생각할 법한 일이지."

칼날이 앞으로 향한다.

여럿의 무인은 모두 적을 몰아넣었다는 생각에 고양된 채로 그를 노리고 있었다.

"감히……!"

지옥도의 얼굴에 노기가 깃드는 것에 홍귀는 앞으로 성큼 나서며 중얼거렸다.

"이만 사라져라. 서장의 개놈들아."

"감히!"

괴성과 함께 지옥도의 양손에서 내공의 기운이 응집해 앞으로 쏟아져 나갔다. 그가 익힌 멸절세불(滅絶洗佛)이라는 무공을 지금 이 순간 극한으로 모아 일시에 내뻗은 것이다.

콰르르르르르!

쏟아져 나가는 취색(翠色) 강기. 그것은 맞은 자들을 모조리 사라지게 만들 것만 같은 압도적인 기운을 자랑하고 있었다.

동시에 홍귀의 손이 휘둘러졌다.

스콰아악!

베어져 나가는 내공.

지옥도는 눈을 부릅떴다.

오른팔이 잘려 나가며 피분수가 솟구치고 있었다.

"착각하고 있군."

홍귀는 이죽거리며 어깨에 도를 걸쳤다.

"이렇게 안 해도 내가 너보다 세다."

"크, 으윽……!"

휘청거리며 고통에 신음하던 지옥도는 이내 자신의 머리로 드리워진 도를 보았다.

"잘 놀아나 줬으니."

퍼컥!

그의 정수리가 내려앉는다.

단숨에 피를 토하며 쓰러지는 지옥도를 보며 홍귀는 피식 웃음을 지었다.

"한 번에 죽여줬다."

동시에 옆쪽에서 환호성이 터져 나왔다.

"서장 놈을 잡았다!"

그러고는 칼날이 앞으로 향한다.

푹!

시체를 찌르는 칼날. 젊은 무인은 정말로 기쁘다는 듯 환희 어린 얼굴로 지옥도의 시신을 마구 찢어발기고 있었다.

"이 망할 서장 놈들!"

"이놈들 때문에 우리 문파가 피해를 봤어!"

"우리도!"

시체를 찢고 있는 모습을 가만히 구경하던 홍귀는, 이내 천천히 고개를 돌리며 허공을 올려다봤다.

"이걸로 남은 건 둘인가."

밤이 찾아오기 시작한다.

그는 히죽 웃으며 옆을 바라보았다. 그곳에는 녹색과 청색의 가면을 쓴 자들이 서 있었다. 그러나 그들은 시선이 닿는 순간 마치 녹아 없어지듯 사라질 뿐이었다.

"흠……."

그들의 정체는 얼추 짐작할 수 있었다. 어차피 모두 백면이라는 조직 내에 속한 이들일 뿐이다.

"이제 서서히 변화가 다가오고 있군."

홍귀는 조용히 자신의 가면을 손으로 더듬어보았다. 처음에는 어색하게 느껴지던 이 가면도, 어느덧 한 몸처럼 느껴질 정도다.

그의 입에서 음산한 목소리가 흘러나왔다.

"새로운 무림이라."

              *   *   *

사천의 낮은 요란(擾亂)이라는 말이 어울린다. 갖가지 사람들이 뒤섞여 서로 제 할 말들을 고함치고, 심지어 각종 짐승들마저 우리에 갇힌 채 이곳저곳을 오가는 중이기 때문이다.

"오늘은 더 심하네."

여인은 툴툴거리며 고개를 들어 올렸다. 뜨거운 햇볕에 다 타버린 자신의 팔을 몇 번 돌려보던 그녀는 이윽고 다음으로 오는 자에게로 눈을 들었다.

"길엄(桔俺)."

"만수호협(萬水豪俠) 말씀이시군요."

잠시 투덜대던 것과는 다르게 이름이 나오자 여인의 눈은 한층 총기를 띠었다.

"잘 알고 있군."

"자세한 정보에 대해서 알고 싶으시다면… 좀 더 조심하셔야 할 거예요."

매력적인 미소가 걸린다. 늘 상대를 대할 때 여유로운 태도를 갖추라는 것은 어릴 적부터 배워온 필수적인 요소였다.

"살행을 원하신다면 살문(殺門)과 연결시켜 드릴 수 있고요."

"그런 걸 바라는 게 아니야."

음울한 미소가 씩 그의 입가를 맴돌았다.

텅!

그리고 그녀가 앉아 있는 탁자에 무언가가 내던져진다. 주변에는 아무도 없었지만, 그녀는 동시에 인상을 찡그릴 수밖에 없었다.

"피 냄새를 함부로 흘리고 다니시다간, 금방 칼을 맞게 되죠."

"그 누가 나를 건드릴 수 있지?"

그의 눈에 흐르는 것은 살기다. 여인은 천천히 그가 던진 보따리를 바라보았다.

풀린 안쪽에서는 허망하게 뜬 사람의 눈이 보인다. 보따리에는 잘린 사람의 목이 들어 있었던 것이다.

"얼마인지나 말해라."

만수호협 길엄은 일찍이 사람들을 죽이고 다녀 목에 큰 액수가 걸려 있던 참이었다. 남자는 지금 자신이 죽인 자가 얼마의 값어치를 할 수 있는지 궁금하다는 표정이었다.

"음......."

여인은 조용히 고개를 기울였다.

"잘못 생각하신 모양이군요. 저희는 그런 걸 취급하지도 않고, 알려드리기도 힘듭니다. 차라리 관아(官衙)에 가보시는 건 어떤가요? 아니면……."

여인의 입가에 미소가 맺혔다.

"가기 어려우신 걸 수도 있겠군요."

"건방지군, 네년."

"여인을 겁간(劫姦)하고 도망친 이에게 듣고 싶은 말은 아니네요."

콰지직!

순간 의자의 팔걸이가 부러져 내렸다. 여인의 비꼬는 말을 듣자 남자가 내공을 펼쳐낸 것이다.

"목숨이 여러 개라도 되는가?"

"제가 더 궁금하네요."

그녀는 조용히 눈을 치뜨며 남자를 노려보았다.

"사천의 무인이라면 사천 하오문에서 이런 짓거리를 행할 수 없다는 것을 진즉 알고 있을 텐데 말이에요."

"하!"

남자의 입에서 비웃음이 흘렀다.

"돈에 미친 천한 것들이… 어딜!"

그의 허리춤에서 칼날이 뽑혀 나왔다. 그것에 여인의 눈가는 살짝 일그러질 수밖에 없었다. 분명 무공으로라면 이 남자와 다른 하오문의 무인들은 상당한 차이가 있을 수밖에 없다.

하지만 함부로 하오문을 건드렸다간 그는 평생을 쫓기게 될 것이다. 그렇기에 사천의 무인들은 함부로 손을 쓰지 않는 것이고 말이다.

여인도 그렇게 생각했지만 설마 저 남자가 이렇게 머리가 나쁜 줄은 몰랐다.

그 순간.

"음?"

문이 열리는 소리가 일었다.

남자의 눈이 거칠게 뒤로 향하자, 그곳에는 당황한 하오문의 무인 둘이 칼을 빼 드는 모습이 보였다.

그리고 그들의 앞에 서 있는 한 청년은 아무렇지도 않게 고개를 기울이고 있었다.

"손님이 있었네요."

사람이 늘어난다. 곧 남자의 머릿속에 여러 생각이 흘렀다.

평소 지검살(枝劍撒)이라 불리며 악행을 저질렀던 남자는 최근 여인을 겁간하고 도망쳐 관아에 쫓기던 터였다. 도주 자금을 벌기 위해 만수호협이란 자를 기습해 죽이기는 했지만, 이렇게 사건이 커지면 자신이 위험할 가능성이 있었다.

'빠르게 셋 다 죽인다.'

생각이 끝난 즉시, 지검살의 손에서 칼이 뻗어져 나갔다.

마치 뱀처럼 유연하게 휘어나가는 검. 그는 하오문의 잡배 따위는 단숨에 처리할 자신이 있었다.

하지만.

챙강!

칼날이 부러진다.

지검살의 눈에 황망함이 깃들었다. 그의 칼은 청년의 손가락이 가볍게 가로막는 것을 견디지 못하고 부러져 내린 것이다.

그는 이윽고 빠르게 손을 뻗어 부러진 칼날을 붙잡았고, 이내 지검살이 몸을 굳히자 천천히 앞으로 걸어오고 있었다.

"척 봐도 좋은 사람은 아닌 것 같으니."

"큭……!"

숨이 막힌다.

청년이 기운을 개방한 순간 지검살은 무언가가 자신의 코와 입을 꽉 틀어막은 것만 같았다. 동시에 눈앞이 이지러지며 두통이 몰려들었다.

휘청거리며 칼이 떨어진다. 지검살이 마침내 주저앉자, 청년은 가볍게 고개를 까닥인 뒤 칼날을 떨어뜨렸다.

'뭐, 뭐야!'

지검살의 입장에서는 미쳐 버릴 노릇이었다. 갑자기 나타난 놈이 기운만으로 자신을 억압하다니!

더군다나 다른 무인이나 앞의 여인은 아무런 기색도 느끼지 못하는 모양이었다. 기운을 조종해 오로지 지검살만을 속박해 버린 것이다.

'이런… 고수가……'

마침내 지검살이 까무룩 의식을 놓고 기절하자, 청년은 반갑다는 듯 여인에게 손을 흔들었다.

"오랜만이에요. 누나."

여인의 입에서 헛웃음이 흘렀다.

"세상에."

잠시 못 알아볼 뻔했다. 청년의 등 뒤에는 대도 하나가 걸려 있었고, 허리춤에는 칼까지 매어져 있었으니까.

"소하야."

여인, 이설은 오랜만에 만난 소하가 반가워 빙긋 미소를 지었다.

*　　　*　　　*

"소문은 들었어."

이설은 자리를 치운 뒤, 소하를 안쪽의 방으로 안내했다. 하오문의 특별한 손님들만을 모시는 곳이었다.

"광명지주! 역시 대단했구나."

이설에게도 이미 모든 정보가 들어가 있는 모양이었다. 소하가 멋쩍게 웃자, 그녀는 차를 놓으며 미소를 머금었다.

"한 번 꼭 보고 싶었어. 유가장에서도… 철중방과 싸웠다면서?"

"이미 다 알려졌나 보네요."

"그럼. 굉명지주는 엄청난 유명인이라고."

소하는 이마를 긁으며 한숨을 쉬었다. 다들 흔히 명성을 드높이고 싶어 한다지만, 이렇게 자신의 일거수일투족을 염탐당하는 느낌이 드는데 어찌 그럴 수 있는지 궁금할 따름이었다.

"그래서 하오문에 온 이유가 단순히 날 보러 온 건 아니겠지?"

"겸사겸사예요. 물어볼 것도 있어서."

이설은 고개를 끄덕이며 장부 하나를 꺼냈다.

"어떤 건데? 우리가 조금 바뀌어서, 살행이나 각종 뒷일들은 다루지 않게 되었거든. 혹시나 싶어서, 알아두라고."

사천의 하오문은 자신들의 방향을 바꿨다. 뭐든지 하는 것이 아니라, 자신들을 하대하는 이들이 함부로 무시하지 않도록 행하는 일을 한정하기 시작한 것이다.

처음에 우려했던 이들도 역시 제대로 문파가 운영되어 가자 불만의 소리를 잠재우고 있는 형국이었다.

"회합(會合)."

그것에 이설은 눈을 크게 떴다.

"알고 있었구나."

지금 소하가 말한 것은 하오문에서도 얼마 전 극비리에 입수한 정보다.

"거기 참가하고 싶어요."

"흠……."

이설은 턱을 괴며 생각에 잠겼다. 소하의 말을 곱씹고 있자니, 여러 가지 생각이 교차했던 것이다.

"어렵나요?"

"아니, 아, 어렵긴 하지. 그런데… 조금 다른 생각이 나서."

"다른 생각?"

소하가 고개를 갸웃거리고 있자, 이설은 이내 허탈한 웃음을 지었다.

"정말 천재라는 사람들에 대해서는 판단하기가 어려워."

그녀는 장부를 척척 뒤지더니만 이내 조그마한 종이 위로 붓을 놀려 글씨를 써 나갔다.

"이리로 가봐."

흰 종이 위에 적힌 것은 어느 집의 주소였다.

소하가 멍하니 그녀를 바라보자, 이설은 픽 웃으며 고개를 까닥였다.

"네가 찾아오면 자신에 대해 알려달라고 부탁한 사람이 있었어. 아마도 네가 이곳에 올 걸 미리 알고 있었나 봐. 회합에 대해서라면 이 사람이 확실할 거야."

가만히 그것을 내려다보던 소하는 이윽고 몸을 일으켰다.

"고마워요. 나중에 또 올게요."

"되면, 저녁에 술이라도 한 잔 하자."

이설은 손가락으로 뒤쪽의 기루를 슬쩍 가리켰다.

"좋은 술들 많아."

"네."

마주 웃어준 소하는, 이윽고 천천히 하오문을 떠났다. 빈 방을 바라보던 이설은 복잡한 표정으로 턱을 괴었다.

"어른이 되었네."

처음 만났을 때의 꼬마는 이제 없고, 한층 성숙해진 무림인이 눈앞에 있었다.

"하지만."

그녀는 자신에게 말을 걸었던 무인을 떠올려 보았다. 그는 소하를 알고 있었고, 분명 소하가 이 회합에 무언가 도움이 될 것이라 생각했으리라.

걱정이 되었다. 그 어린아이가 무림이란 세계에서 어찌 변해갈지는 안 봐도 알 수 있었으니까.

그러나 그녀는 소하를 말리지 않았다.

"아직 그대로였으니까."

그 밝은 미소.

이설은 소하가 아직도 변치 않았다는 사실에 기뻤다.

*　　　*　　　*

소하는 시끌벅적한 사천의 거리를 걸으며, 천천히 생각에 **빠져** 있는 참이었다. 이설에게 들은 이야기와 유가장을 떠나기 전 모진원이 해줬던 이야기가 엮여 있는 것만 같았기 때문이다.

"사천으로 가게."

모진원은 그곳으로 향하라 말했다. 갈위의 경우가 그렇듯, 백면이라는 조직과 연관된 단서를 이곳에서 얻을 수 있을 것이라 말했던 것이다. 소하 역시 하오문을 기억하고 있었기에 그것을 물을 겸 이설을 만나기 위해 이리로 향했고 말이다.

'백면이라.'

신비공자와 백류영이 만든 조직이라고 했다. 어떤 행동을 해왔는지 알 수는 없지만, 갈위와 같은 이들을 풀어 다른 문파들을 억압하는 것은 분명하다.

소하는 옆머리를 긁적이며 고개를 들어 올렸다.

모진원은 분명, 백면을 조심해야 한다고 말했었다. 그들의 목적이 무엇이든, 분명 소하의 움직임을 이미 눈치채고 준비를 서두르고 있을 것이라 했다.

'마냥 싸울 수만은 없으니까.'

소하의 입장에서는 천회맹도 마찬가지인 자들이었다. 그들이 구재령에게 한 짓을 떠올리자면, 도저히 가까이하기 어려울 수밖에 없었다.

그렇게 소하가 종이에 적혀 있던 주소에 다다르자, 그곳에는 문이 닫혀 있는 허름한 집들만이 가득해 있었다.

인기척은 없다. 골목 안으로 들어선 소하는 천천히 눈을 들어 주변을 구경했다.

'셋.'

어둠 속에 은신해 있다고 해도, 지금의 소하에게 발견되지 않기란 어려운 일이다. 소하는 가볍게 머리를 까딱인 뒤 고개를 들어 올렸다.

"앞쪽에 계신 분."

대답은 들려오지 않는다.

"경계하지 않아도 돼요."

소하는 가볍게 종이를 들어 올려 팔락팔락 흔들어 보였다.

"하오문에서 듣고 온 거니까."

그 말이 끝나자, 옆쪽의 수풀이 부스럭거리며 두 명이 몸을 일으켰다. 그리고 그들의 시선은 소하의 앞쪽에 있는 어두운 그림자 속으로 향해 있었다.

"…그런가."

복면을 쓰고 있는 자는 음울한 눈으로 소하를 바라보다 손을 들어 올렸다.

"옆으로 쭉 들어가, 오른쪽에서 일곱 번째 건물이다. 유일하게 깃발 하나가 걸려 있지."

"거기로 가라는 건가요?"

"미행(尾行)이 붙어 있을 수 있으니까."

아무도 없는 것은 확실하다. 그러나 소하는 순순히 고개를 끄덕였다. 그는 그 나름대로 자신에게 이런 식으로 조심스럽게 접근한 자가 궁금했기 때문이다.

소하가 앞으로 향하자, 그자들은 다시 어둠 속으로 녹아들어 사라졌다.

은신이 수준급이다. 소하는 그 생각이 들자 앞으로 눈을 돌렸다. 주변의 집들은 모두 몇 명씩 사람들이 숨어 있는 터였다. 다들 무림인인 데다, 혹시 누군가의 침입을 대비해 은은한 살기를 내비치고 있었다.

소하는 그런 집들 사이를 걸어 앞으로 향했다.

"이건가."

깃발 하나가 걸려 있다. 소하는 가볍게 문 앞으로 서서 문고리를 잡아 밀었고, 문이 끼이익 소리를 내며 둔중하게 열렸다.

안은 어둡다. 먼지가 떠다니는 모습만이 비칠 뿐이다.

"기다리고 있었네."

마른 목소리가 들렸다.

안으로 들어서던 소하는, 이내 살짝 눈살을 찌푸릴 수밖에 없었다. 그 안에 있는 이는 소하 역시 알고 있는 자였기 때문이다.

"이전에 본 적이 있었지."

"그렇네요."

의자에 앉은 자는, 바싹 마른 얼굴을 들어 소하를 바라보왔다. 이전보다 훨씬 몸이 말라 있어 하마터면 소하도 알아보지 못할 뻔했다.

"들어오게."

제갈세가의 신룡이라 불렸던 자.

제갈위는 핼쑥한 표정으로 소하를 맞이했다.

"분명… 천회맹 분이셨던 것 같은데."

"그랬었지."

제갈위는 소하가 들어와 문을 닫자 일어서며 옆쪽으로 향했다. 탁자 위에는 갓 끓인 찻주전자가 있었다.

"괜찮다면 앉아서 함께 차라도 해주었으면 하네."

제갈위는 잔을 꺼내 내려놓으며 소하를 돌아보았다.

'살기는 없어.'

천양진기 덕에 소하는 타인의 기세를 감별해 낼 수 있게 되었다. 그런 소하의 눈으로 보아도 제갈위의 행동은 순수한 호의로 느껴져 왔다.

"자네의 명성은 점점 더 높아져 가더군. 이제 청성신협의 명성보다도 훨씬……."

"운요 형은 잘 지내고 있나요?"

마치 제갈위가 운요의 행동을 모두 파악하고 있기라도 한 듯한 물음이다. 그러나 제갈위는 놀라지 않은 채 덤덤히 대답했다.

"폐관 수련에 들어갔다고만 들었네. 그 이외에는 사천의 기루로 향하는 게 더 나을 걸세. 그쪽의 기녀와 자주 접촉하는 것 같았으니까."

그는 이미 운요까지 지켜보고 있다는 뜻이다. 소하가 침묵하자, 제갈위는 비릿한 미소를 지으며 찻잔에 차를 따랐다.

"날 믿기 힘들 거란 사실은 이미 알고 있네."

"날 왜 부른 거죠?"

그는 찻잔 두 개에 차를 채운 뒤, 의자에 앉으며 소하에게로 눈을 향했다.

"백면은 무림 전체를 뒤엎을 계획을 짜고 있네."

이미 그는 백면이 하고 있는 일들을 파악하고 있었다는 뜻이다.

"천회맹에도 이야기를 해보았지만… 이미 상관휘와 곡원삭의 반목(反目)에만 정신이 쏠려 버린 지 오래일세."

두 명의 정치적인 대립으로 인해 천회맹은 이미 오래 전부터 힘을 잃어가고 있었다. 백면은 그 틈을 타고 재빨리 세력을 성장시켰고, 이제는 오히려 천회맹이 백면에게 밀리고 있는 판국이었다.

"게다가 내통자까지 존재하니… 이미 틀렸다고 봐야겠지."

제갈위의 손이 찻잔으로 향했다. 몇 번 떨리던 그의 손은, 이윽고 잔을 붙잡으며 뜨거운 찻물을 억지로 들이켰다.

"서장의 무인들은 이제 독 안에 든 쥐일세. 그들은 이미 모든 위치를 특정당했고… 유도까지 당하는 신세지."

"유도라면?"

소하의 날카로운 목소리에 제갈위는 후후, 하고 낮게 웃음을 흘렸다.

"얼마 안 가 곧 서장의 무인들은 사천에 도착할 걸세. 그렇게 짜 놓은 길이니까."

백면은 단순한 공격을 해온 게 아니다. 최대한 서장의 무인들이 일반인들에게 피해를 입힐 수 있도록 그들을 몰아 전 무림의 분노를 상승시켰다. 그렇기에 이처럼 천라지망이 펼쳐지며 공격할 수 있었던 것이다.

"거기서 대대적인 척살이 일어날 테고… 백면은 정당성을 얻겠지."

무림을 이끌어 나갈 힘. 그리고 모두를 결속시킬 수 있다는 것을 어떤 방식으로든 보였다. 백면이 천회맹은 할 수 없었던 무림의 결속을 이룰 수 있다는 건 불 보듯 뻔한 일이었다. 비록 그것이 거짓으로 이루어졌다고 해도 말이다.

"소림을 포함한 봉문한 문파들에서도 회합에 참여하기로 했네. 백면어 억지로 그러한 이들을 모았던 건, 아마도 그 시기에 서장의 무인들을 없애기 위함이겠지."

소하는 그 말을 들으며 슬쩍 고개를 옆으로 기울였다.

"그게 날 부른 이유가 될 거라고는 생각하지 않아요."

"그렇겠지. 자네를 부른 이유는, 이 다음이니까."

제갈위는 비쩍 마른 손으로 소하를 가리켰다.

"자네는 현 무림을 어떻게 생각하나?"

그것에 소하는 가만히 그를 바라보고 있었다.

침묵이 흐른다.

제갈위는 하아, 하고 길게 한숨을 내뱉었다.

"그래. 어려운 질문이란 것은 알고 있네. 물론 무림이란 존재는 한 가지의 척도로 잴 수 없는 기준이자 여러 명의 복합적인⋯⋯."

"아니, 별생각이 없어서요."

"뭐?"

제갈위의 눈이 일그러졌다. 아무리 깡말랐다고 해도 그의 눈은 여전히 총기로 빛나고 있었다.

"그게 무슨 말이지?"

"말 그대로. 별생각이 없어요."

소하는 고개를 갸웃 기울이고 있을 뿐이다.

"그, 그럼 자네는 대체 왜 지금까지 그런 행보를 보인 것이지?"

제갈위의 목소리는 점차 높아지고 있었다.

"처음 묵궤로 인한 싸움에 끼어들어, 묵궤를 없애고 두 세력 간의 충돌을 무마시켰지! 그 이후에는 굉령도 초량을 쓰러뜨리고 굉명을 얻었잖는가!"

인정할 수 없다는 듯, 제갈위는 숨을 헐떡대는 와중에도 몸을 일으켰다.

"그것만인가! 봉문한 무당으로까지 향해 검렵 선무린과 싸웠었지. 그러던 중 천하명장까지 만나며, 이후 곡원삭과 싸워, 그를 부상 입힌 채 사라졌었다!"

제갈위는 발을 굴렀다.

"나는 자네가 자네만의 신념을 위해 그리 싸웠다고 생각했었다!"

침이 튀도록 소리를 지른 제갈위는 헉헉거리며 의자에 몸을 기댔다.

"나에게… 말했듯."

소하는 아무 말도 하지 않았다.

"이 혼란스럽고, 누가 정의인지 알 수 없는 무림에……."

식은땀이 줄줄 흐르는 것에도 그는 굳게 말을 이었다.

"진정으로 옳은 것을 추구하는 자가 나타났다고 생각했었다."

"흠."

소하는 조용히 턱을 문질렀다.

"그렇게 대단한 생각으로 한 건 아닌데."

"뭐라……!"

"대단한 건."

소하는 손을 들어 제갈위를 가리켰다.

"그렇게 생각한 당신이 아닌가요?"

제갈위의 몸이 덜컥 멈춘다. 소하의 입가에는 희미한 웃음이 걸려 있었다.

"봐왔던 것이 옳지 않다고 생각해 왔었으니까."

"음……!"

"그런 생각을 했던 것이겠죠."

아무 답도 하지 못했다.

멍하니 서 있던 제갈위는 휘청휘청 몸을 비틀대더니만 천천히 의자에 기댔다. 그러고는 입술을 달싹일 뿐이다.

"내가?"

소하는 답해주지 않았다. 아니, 제갈위의 물음은 애초에 소하를 향한 것이 아니리라.

가만히 침묵을 지키던 소하는 이윽고 주변을 둘러보며 말을 이었다.

"그리고 당신이 하는 생각은."

제갈위는 미동도 하지 않았다.

"옳다고 생각해요."

지금의 무림은 잘못되었다. 당연하다고, 그게 과거에서부터 내려온 무림의 본모습이라고 합리화를 해대는 자들이 있다고 해도, 사람을 아무렇게나 죽여대고 오로지 힘만을 추구하는 것은 명백한 잘못이다.

그렇기에 노인들은 힘에 먹히지 말라고 소하에게 충고해 왔던 것이다. 천하오절에 이른 그들이라 해도, 그 무시무시한 유혹 앞에서 쉽게 무너질 수 있기 때문이다.

"나는 그럴 자격이 없네."

조용한 목소리가 들렸다.

"나는 소림이 월교와 뒷거래를 해 무너뜨리는 것을 보았지. 공명정대해야 할 그곳이 실은 복수심으로 가득 찬 곳이라는 것을 알고 있었네."

그렇기에 소림은 봉문했다. 제갈위를 포함해 그 자리에 있었던 구 무림맹의 일원들은 모두 소림이 시천월교의 장로들과 손을 잡았다는 사실을 알았기 때문이다.

"또한 혼란을 수습해야 한다는 구실로 천회맹의 제멋대로 인 행동을 묵인했지."

그리하여 새로이 발족된 천회맹은 아무 방해도 받지 않으며 행동에 나설 수 있었다. 약자를 괴롭히고, 자신들을 따르지 않는 이를 방해 혹은 견제했다.

"백면의 등장이 무림에 혼란을 야기할 수 있다는 것을 알았음에도!"

제갈위의 입에서 마른 고함이 터져 나왔다. 두 손은 팔걸이를 부서져라 쥔 채였다.

"힘이 약했기에 망설일 수밖에 없었네."

제갈세가는 제갈위 한 명에게 의존해 돌아가고 있다. 그렇기에 천회맹이나 백면 중 한 세력에게서 멀어지는 순간 적대받을 가능성이 충분했던 것이다.

멸문마저도 서슴치 않는 백면의 행동을 유추해 보았기에,

제갈위는 맨 앞에 나서 행동할 수 없었다.

두려웠으니까.

자신보다 강한 이들이 더 강한 힘으로 자신을 짓누를까 무서웠으니까.

그렇기에 그는 소하를 찾으려 했던 것이다.

"자네라면… 할 수 있다고 생각했네."

그의 입가에서 마른 한숨만이 뱉어져 나왔다. 지금 이 말을 하는 자신이 너무나도 비참했기 때문이다.

"약한 나 대신 저들을 단죄(斷罪)할 수 있다고 생각했어."

오래도록 생각해 보았다. 묵궤를 들고 도망치던 소년, 그는 어느새 성장해 그 강하다는 전승자들 중 하나를 꺾었고, 초인의 영역에 달한 자와 겨루기까지 했다.

"비참한 이야기지. 결국, 나는 아무것도 할 수 없는데도……."

"스스로 할 생각은요?"

소하의 물음에 제갈위는 고개를 돌렸다.

"나는 약한……."

"무공이?"

소하의 손가락은 주변을 향했다.

"저는 책을 잘 몰라요. 할아버지들에게 배운 게 대부분이고, 글자도 획수가 많은 것들은 지금도 헷갈리죠."

제갈위의 방은 오래된 고서들로 그득하게 채워져 있었다.

"제가 보기엔… 당신은 이미 충분해 보이는데요."

소하의 위치를 추적하며 상황을 계산했다. 그가 이곳에 올 때 자신에게로 향할 수 있도록 하오문에게까지 의뢰를 해두었다.

명민한 두뇌. 소하가 그에게 감탄한 건 바로 그것이었다.

"나를 도와줘요."

"뭐……?"

핼쑥한 표정의 제갈위를 보며 소하는 씩 웃었다.

"그전에 해야 할 일들이 있으니까."

                        *   *   *

"연락이 끊겼다."

어두운 불빛만이 음산하게 주변을 비추고 있는 동굴.

그 안에 있는 두 명의 중년인은 서로를 바라보며 안색을 굳혔다.

"당한 거로군."

"아마도."

천라지망은 생각보다 집요하게 그들을 따라붙었다. 뒤로 떨어진 그의 희생 덕에 두 명은 서로 합류할 수 있었던 것이다.

"그렇다 해도, 지옥도의 희생 덕분에 위치를 특정할 수 있었다."

서장의 무인. 천상도와 인간도는 은은히 기운을 흩뿌리며 말을 이어나갔다.

"그들은 우리를 유인하고 있다."

"정통성을 찾으려 드는 것인가."

천상도는 가볍게 손을 꿈틀거려 보았다. 자신들을 마치 짐승처럼 사냥하고 있다는 생각이 들자, 분노가 치밀어 올랐던 것이다.

"그렇다고 해도 호기(好期)라고 생각할 수 있겠지."

인간도의 말에 천상도도 동의했다.

"다 잡았다고 생각했는지 서서히 느려지고 있는 참이다."

무림인들의 움직임은 이제 점차 교착 상태에 빠졌다. 서장무인들을 가둬두고 포위망을 형성한 것이다. 그것만으로도 이들에게는 큰 부담이겠지만 인간도의 생각은 달랐다.

"직접 우리를 죽일 생각일 것이다."

"흐, 핏줄이 어딜 가질 않는군."

천상도는 몸을 점검하며 비웃음을 뱉었다. 서서히 내공도 다 회복되어 가고 있는 참이었다.

"그걸 노려야겠지."

어두운 기운이 흐른다. 인간도가 서서히 일어나는 것에, 천상도 역시 손에서 내공을 흩뿌리며 어둠 속으로 녹아들었다.

동굴 내의 빛은 모두 사라지고 암흑만이 가득하다.

서서히 누군가가 다가오고 있음을 알았기 때문이다.

젊은 무림인 하나가 횃불을 든 채 두리번거리며 걸음을 옮기고 있었다.

단순히 동굴 하나를 살펴보러 나온 그는 느껴지지 않는 인기척에 사소한 방심을 하고 말았다.

그리고 그것이 그의 목숨을 앗아갔다.

동굴에 발을 디딘 순간 어둠 속에서 주먹이 날아왔다.

젊은 무인은 분명 무림에서 꽤나 강한 무공을 익힌 기재로 칭송받아 온 자였지만, 이처럼 복합적인 요인들이 뒤섞인 상황에서의 기습에 대응할 만큼 연륜이 있지 않았다.

퍼컥!

횃불이 흔들리는 순간 인간도는 그것을 부여잡으며 목이 옆으로 늘어져 버린 시신을 옆으로 내다 버렸다.

"움직여야겠군."

"횃불이 보이고 있을 테니, 최대한 유인해야겠어."

천상도는 핏물이 튄 주먹을 휘두르며 앞으로 향했다. 비가 오려는지 점차 공기가 싸늘해지고 코에 흙냄새가 감돌고 있었다.

"어차피 죽을 거란 건 알고 있었다."

허공을 보고 노려보는 천상도의 눈가가 서서히 일그러졌다.

"건방진 놈."

온몸에서는 노기를 대신해 내공이 끓어오르고 있었다.

어둠이 온다.

사람들은 서서히 흩어지며 포위망을 점검하고 있었다.

"도망치지 못했습니다."

무인 한 명이 당당한 목소리로 그리 보고했다. 그들이 지키고 있기에 단 한 명도 포위망 밖으로 나가지 못했던 것이다.

"수고했네."

단리우는 그리 말한 뒤 천천히 눈을 돌렸다.

뒤로는 비단옷을 입은 백류영이 뒤따르고 있었다. 그들은 가면을 쓴 무인들에게 둘러싸인 채, 위풍당당히 걸음을 옮기고 있던 참이다.

모두가 동경 어린 눈으로 백면을 바라본다.

지금 무림인들에게 있어, 백면은 서로 간에 정치 싸움을 하느라 정신없는 천회맹보다도 훨씬 정의로운 곳이기 때문이었다.

"천회맹은?"

그 말에 옆쪽에 서 있던 남자, 일영이 대답했다. 그는 평소 단리우를 어둠 속에서 경호하는 입장이지만, 지금만큼은 가면을 쓰고 당당히 길을 활보하고 있었다.

"내일 오전쯤 도착할 예정입니다."

"회합에는 참여하겠다는 거로군."

단리우의 입가가 구부러졌다. 그가 소집한 회합은 그의 계산대로 서장무인들을 참살한 바로 다음 날로 예정되어 있었다.

사람들을 고무시킨 상황에서 이야기가 진행되어야 더욱 확실하게 자신의 의견을 밀어붙일 수 있기 때문이다.

"조심하셔야 합니다."

"알고 있다."

단리우의 눈가가 앞으로 향했다. 서장무인들이 숨은 산 쪽에서는 어른어른 횃불들이 보이는 참이었다.

"먼저 가시겠습니까?"

단리우는 부드럽게 백류영을 불렀다. 여기서는 명분상의 우두머리인 그가 나서주는 게 바람직했기 때문이다.

"그러지."

백류영 역시 권력을 탐하는 자다.

그는 자연스럽게 앞으로 나서며 고함을 내질렀다. 내공을 집중해 목소리를 높이는 것도 잊지 않았다.

"무림을 위한 마음 하나로 이곳에 모인 협객들은 들으시오!"

고함이 모두의 시선을 휘어잡는다. 그 자리에 모인 무림인들이 멈춰 서며 자신을 바라보자 백류영은 더더욱 자신감 있게 목소리를 높였다.

"이제 우리는 마지막을 향해 가고 있소."

그는 검을 뽑아 멋지게 산을 겨누었다.

"바로 저곳! 무림대적이자 이전 마교에 이어 새로이 무림을 침략하려 드는 서장의 무뢰배들이 저곳에 있는 것이오!"

모두의 눈에 살기가 어린다. 단리우가 안배한 대로, 서장무인들은 도망치며 자신들을 가로막거나, 혹은 가로막을 가능성을 지닌 이들을 모조리 참살했다. 그에 따라 휩쓸려든 모든 무림인들은 서장무인들을 죽이지 않고는 못 배기는 상황이 되었던 것이다.

"이제까지 있었던 모든 일을… 청산할 때가 되었소."

백류영은 더욱 위엄찬 목소리로 고함쳤다.

"바로 지금이오! 이곳에 모인 백면과 우리를 돕는 협객 분들의 앞에 정의가 바로 설 때가 왔소!"

그와 동시에 환호가 뒤따른다.

자랑스레 고개를 드높인 백류영은 이윽고 모두를 이끌며 앞으로 나아가기 시작했다.

그 모습을 바라보던 단리우의 입가에 미소가 깃들었다.

무림을 침공한 외세를 처단하겠다는 대의는 모두에게 아주 강렬히 전해졌다. 이제 남은 건 순조롭게 그들을 처치하는 일뿐인 것이다.

'하지만.'

먼 곳을 바라보는 단리우의 눈가가 살짝 휘어졌다.

'대비는 해둬야겠지.'

서서히 움직이는 횃불들이 보인다. 어느덧, 서장의 무인들을 몰아붙이기 시작한 것이다.

"신호가 올랐다!"

고함과 동시에 모두의 시선이 산등성이로 향한다. 그곳에는, 연기와 함께 횃불이 원을 그리고 있었다.

적을 발견했다는 신호.

그와 동시에 여러 명의 무인들이 병장기를 붙들며 앞으로 달려 나가기 시작했다.

"무림을 위하여!"

모두가 하나 되어 외치는 그 고함.

그것이 너무나도 즐겁다는 듯, 단리우는 눈을 감으며 그 소리를 즐겼다.

"어떻게 할까요?"

홍귀의 물음에 단리우는 가벼이 답했다.

"따라간다."

그와 동시에 가면을 쓴 채로 서 있던 자들이 움직이기 시작했다. 모두 단리우의 명령을 기다리고 있었던 것이다.

"마지막 공(功)은… 누구에게도 빼앗길 수 없으니."

단리우의 입가에 서늘한 미소가 번졌고 그와 동시에 백면의 무인들은 앞으로 뛰쳐나가며 어둠 속으로 사라지기 시작했다.

홍귀는 가면을 만지작거리며 웃었다. 횃불이 좁혀지는 모습이 보인다. 아무리 잘 도망쳤다고 해도, 며칠 동안을 쉴 새 없이 몰아붙여진 그들이었다.

　어느덧, 서장무인들의 끝이 다가오고 있었다.

　　　*　　　　*　　　　*

　퍼어억!

　사람의 살점이 터지는 소리가 요란하다.

　기세 좋게 나무에서 뛰어내렸던 무인 한 명은, 아래턱이 날아가며 그대로 땅으로 나자빠졌다.

　금강야차공으로 강화된 주먹이 가진 파괴력은 사람의 몸쯤은 가볍게 분쇄할 수 있을 정도였다.

　"으음……!"

　인간도의 눈가에 잔떨림이 어렸다. 그러나 점점 무인들을 상대할수록 덤벼드는 자들의 무공이 고강해지고 있다는 사실을 충분히 느낄 수 있었다.

　어둠 속에서 불빛이 어린다. 무인들이 든 무기의 반사광이 달빛에 반사되어 비치는 것이다.

　그 순간 천상도의 손에서 비취빛이 어렸다.

　쏘아져 나가는 내공.

　장력(掌力)이라기에는 그 기세가 자못 흉험했다.

　나무가 통째로 꺾어지는 소리가 일었다.

사람의 비명조차 삼켜 버리며, 단숨에 일장(一掌)이 주변을 어지럽게 뒤흔들고 있었다.

서장무림의 분혼마라장(奮魂魔羅掌).

서장무인들 중에서도 가장 고강하다는 육도에 오른 이들 중 오로지 천상도만이 익힌 비기 중의 비기였다.

콰오오오오!

단숨에 주변이 폭산(爆散)하며 사방으로 먼지가 솟구친다. 분혼마라장에 얻어맞은 무인들의 살 조각들이 철벅철벅 소리를 내며 땅으로 떨어져 내리고 있었다.

"주변을 포위해라!"

목이 떨어져라 그리 소리친 한 무인은, 동시에 자신의 부하들을 산개시키며 그들을 몰아치기 시작했다.

날카로운 칼날이 번쩍였다.

"음!"

금강야차공을 두른 팔로 찌르기를 막아낸 인간도는 이내 덤벼든 상대를 보고는 눈살을 찌푸렸다.

"천협검파……!"

"우릴 아는가?"

그에게 덤벼든 천협검파의 수장인 서효는 이리 같은 눈을 번득이며 회수한 검을 다시 찔렀다.

동시에 수십 개의 검봉이 날아들어 인간도의 몸을 공격하고 있었다. 천협검파의 독문무공인 일천협(溢闡峽)이었다.

따다다당!

하지만 그마저도 모조리 쳐내 버린 인간도는, 이내 거친 숨을 내뱉으며 쌍장을 늘어뜨렸다.

"우리 서장에 위협이 될 만한 자들은… 모두 기억하고 있지!"

"위협이라!"

서효는 거칠게 고함치며 삼검을 찔러냈다. 인간도는 막아내기는 하지만 서서히 뒤로 물러서고 있었다.

"무림을 어지럽힌 너희들이 위협을 논하는가!"

서효의 손에서 달리는 칼날은 마치 살아 있는 것처럼 요사(妖邪)하게 춤췄다. 그에 따라 인간도의 몸을 두르던 비취빛 기운도 서서히 줄어들고 있는 상황이었다.

"중원인들은……!"

인간도의 입에서 괴성이 쏟아져 나갔다.

동시에 그의 양손에서 금강야차공의 기운을 응집한 장력이 뻗어 나갔고, 서효는 그것에 발을 굴러 뒤로 피할 수밖에 없었다.

"큭!"

하지만 그의 부하들은 그러지 못했다. 서효의 움직임에 맞춰 앞으로 뛰어들던 세 명은 장력에 말려들며 그대로 산화했다.

"여전히 어리석군."

인간도는 숨을 내뱉으며 어깨를 꿈틀거렸다. 명백히 씨근거리는 숨. 그는 서서히 지쳐가고 있었던 것이다.

"자신들이… 도구라는 사실조차 알지 못하지……."

"도구?"

서효의 눈이 가늘어졌다. 갑작스레 이들은 무슨 말을 하고 있는 것인가?

"너희를 조종한 자."

인간도는 입에서 선혈을 뚝뚝 떨어뜨렸다. 아무리 도검불침의 효능을 자랑하는 금강야차공이라고 해도, 며칠 동안을 쫓겨 가며 공격을 당하는 지금 상황에서 무사할 리가 없다. 내공은 어느덧 그의 몸을 상처 입히고 있었던 것이다.

"그자가 진정 너희를 위한다고 생각하는 것인가."

"조잡한 이간(離間)이로군."

서효는 그가 한심하다는 듯 미간을 찌푸렸다.

"너희가 없어지는 것이 전 무림을 위한 길이다."

"하하!"

인간도의 입에서 허탈한 미소가 흘렀다.

"어리석군… 그자가 어디서 왔는지에 대해서 알고 있나?"

서효는 아무 말도 하지 않았다. 지금 그가 누구를 말하는지에 대해서는 이미 알고 있었기 때문이다.

'신비공자에 대한 이야기라.'

서효 역시 일말의 의문은 남아 있는 상태였다. 신비공자 단리우는 그 누구도 출신 성분을 알지 못하는 특이한 인물이기도 했다. 하지만 어디 무림에서 기인이사(奇人異士)가 한둘이랴? 그렇기에 서효는 인간도의 말을 무시하려 했다.

"그자는 서장에서 왔다."

하지만 그 말에 서효의 손은 굳어버릴 수밖에 없었다.

"왕가(王家)를 자처하며 몰락한 곳에서… 비전(秘典)을 들고 도망쳤지."

인간도는 으득 이를 악물었다. 서서히 핏물은 짙게 그의 턱으로 흘러내리고 있었다.

소란이 인다. 천상도가 계속해서 적들을 공격해 왔기에, 상대적으로 이쪽보다는 그가 있는 쪽에 무인들이 몰려 있었던 것이다.

"우리는 그래서… 이곳으로 왔다."

"거짓이로군."

서효는 눈살을 찌푸렸다.

"너희가 묵궤를 노렸단 것을 안다. 또한 무당산에서도 네놈들은 모습을 드러냈었지."

이미 서효를 비롯한 무림의 중핵(中核)들은 얼추 짐작하고 있는 일이었다.

"네놈들이 노리는 건 천하오절의 유산이었다!"

서효의 쩌렁쩌렁한 고함이 주변을 흔들었다.

"더 이상 그 더러운 입으로 신비공자에 대한 험담을 늘어놓는다면······!"

"그렇겠지."

인간도는 헐떡이며 고개를 들어 올렸다.

"그자··· 위왕(僞王)의 일족인 단리세가(段里世家)가 가지고 있던 것은 천하오절을 아우르는 힘이었으니까."

"무슨······?"

"그 힘······."

비틀대던 인간도는 이내 내공을 집중하며 겨우 상체를 들어 올렸다.

"시천마가 가졌던 합일(合一)의 힘을 말이다!"

동시에 꽈르릉 하는 소리가 귓전을 뒤흔들었다.

"마두가 저항한다!"

"어서 막아라!"

괴성이 들린다.

인간도는 이내 휘청거리며 숨을 내뱉었다. 천상도의 마지막 내공이 사방으로 뻗어 나가는 것을 보았던 것이다.

그리고 이내 모든 소음이 잦아든다.

"백면이 마두를 처치했다!"

"무림이 승리했다!"

"정의가 승리했다!"

괴성이 들렸다.

녹색 가면을 쓴 무인이 천상도의 팔을 잘라내며 그의 목을 베어내었다.

금강야차공이 뜯겨 나가며 단숨에 목이 하늘을 난다.

붉은 핏물이 쏟아지는 것에 무인들은 기쁨의 환호성을 내지르며 앞으로 달려 나가기 시작했다. 그를 죽인 녹색 가면의 무인은, 그저 뒤로 물러설 뿐이다.

인간도는 바들거리는 팔을 들어 올리며, 옆쪽에서 계속해서 찢겨 들어 올려지고 있는 천상도의 시체를 주시했다.

"이용당하고 있는지도 모른 채 짖어대는군."

"닥쳐라."

서효는 조용히 그리 말하며 칼을 겨누었다. 그러나 마치 덤빌 것만 같았던 인간도는 이내 서서히 팔을 내리고 있었다.

"나를 지금 죽이게 된다면… 후회할 거다. 중원인."

헐떡이는 그의 입에서 핏물이 떨어져 내린다.

"가벼이… 진실을 놓치지 마라."

서효의 눈이 일그러졌다.

"문주님."

나직이 목소리가 들렸다. 서서히 다른 무인들도 이곳에 접근하고 있기 때문이다. 주변을 천협검파의 무인들로 가득 채워두어 비밀이 새어나갈 일은 없지만, 시간을 끌면 백면의 무인들이 이곳에 도착할 것이다.

인간도는 이미 손을 내린 상태다. 그의 내공도 잦아들어, 이내 없어지는 모습이었다.

서효의 손이 움직였다.

파악!

은빛이 날았다.

인간도는 자신의 어깨와 가슴에 닿는 검봉을 보았다.

서효는 단숨에 그의 몸을 검봉으로 점혈시킨 뒤, 칼을 회수했다.

카라라락!

그의 칼이 무거운 소리를 내며 칼집으로 빨려든다.

"포박해라."

두 명의 무인이 달려 나가자, 서효는 짜증이 인다는 듯 눈살을 찌푸리며 중얼거렸다.

"아직 죽이지 않는다 해도, 어차피 내일이면 목을 벨 것이다."

"충분하군."

무림인들의 환호성이 들려오고 있다.

악독한 서장의 적들을 없앴다는, 만족에 찬 외침이었다.

인간도는 쓸쓸히 웃었다.

엉망이 된 얼굴 아래에서는, 짙은 회의(悔意)만이 감돌고 있었다.

*   *   *

웅성대는 사람들의 목소리가 들린다.

환호가 이어졌던 밤이 지나자, 상처 입은 자들의 신음 소리가 한참 동안 울려 퍼졌었다. 또한 죽은 이의 시체를 수습하는 데도 꽤나 시간이 걸렸다.

서장무인 둘을 잡는 데에 백에 이르는 이가 죽었다. 무림인들은 그것에 더더욱 분노를 불태웠고, 당장 그자들을 처형해야 한다며 길길이 날뛰는 중이었다.

"광기(狂氣)로군."

백류영은 담담히 그렇게 평했다.

주변을 두르고 있는 것은 뜨거운 증오다. 사람들은 이미 죽은 서장무인의 시신을 참혹하게 파헤쳐 놓았고, 목을 잘라 창끝에 꽂은 뒤 전시하기까지 했다. 그렇게 해서라도 분노를 풀고자 했던 것이다.

"가장 무서운 건……."

단리우는 가만히 그 창을 올려다보았다. 길쭉한 창끝에는 천상도의 머리가 비스듬히 꽂힌 채였다.

"갈 곳을 잃은 증오라고들 하지요."

"확실히."

백류영의 입가에 희미한 미소가 맺혔다.

"추악하군."

"하지만 필요합니다."

단리우가 노리는 것은 바로 이들의 끓어오른 감정이었다.

하나로 뭉쳐진 감정들은, 이끄는 자가 나타난 순간 맹목적인 힘이 된다.

그렇기에 지금 이처럼 백면을 추종하는 이들이 늘어나는 것이고 말이다.

"상관휘는?"

"현재 천회맹과 같이 이동 중이라고 하더군요."

단리우는 부채를 들며 천천히 주변을 둘러보았다. 사람들의 움직임이 언뜻언뜻 눈에 띈다.

천회맹에 관련된 자들이 상황이 백면에게 유리하게 돌아가는 것을 알고는 빨리 자리를 뜨는 것이다.

"전승자들과도 꽤나 마찰이 있었겠지요."

"어리석은 놈들."

백류영은 다 알고 있다는 듯 희미한 미소를 흘렸다.

"서로가 서로를 잡아먹다, 결국 제 명줄이 짧아졌다는 사실도 몰랐단 거로군."

"그것이 인간이죠."

단리우의 눈이 옆을 향했다. 구석진 데 서 있던 가면의 무인들은 서서히 그림자 속으로 사라져 가고 있었다.

"무림일통(武林一統)."

부채로 가린 입가가 반월을 그렸다.

"그 누구도 해내지 못했던 것을… 백 대협께서 행하시고 있군요."

"아직은 시기상조(時機尙早)."

백류영은 차갑게 그리 평했다.

"어차피 모두가 그릇이 작은 자들이다."

그들이 걸어가는 길로, 몇 명의 무인들이 시선을 보내기 시작한다.

하던 일을 멈추고 일어선 자들은, 이내 경외의 눈길로 두 사람과 뒤를 따르는 백영세가의 무인들을 바라보기 시작했다.

수백에 이르는 무인들이 모두 일어선다.

사람들의 고요한 숨소리만이 가득한 상황, 백류영은 그것에 만족스럽다는 듯 웃음을 지었다.

"그러나… 이제 시간문제지."

단리우는 그를 바라보고 있지 않았다. 그의 눈은, 그 너머에 묶여 있는 서장의 무인을 향해 있었다.

"오셨습니까."

백류영과 단리우가 다가오는 것에 서효는 가볍게 포권한 뒤, 자신의 문원들에게 길을 열어주라고 말했다.

이 근방은 공개되어 있지 않다. 오로지 백면과 인간도를 포박한 천협검파의 무인들뿐이다.

"어떤가?"

"아직 점혈이 풀리지 않았습니다."

서효는 가볍게 눈을 돌려, 포박되어 있는 인간도를 바라보았다. 양손을 뒤로 향해 묶어놓은 자세, 더군다나 무릎을 꿇게 한 뒤 발목까지 속박해 두었기에 쉽게 움직일 수는 없어 보였다.

"처리하실 겁니까?"

"지금 당장은 그러지 않겠네. 일이란⋯ 경중(輕重)을 따져야 하는 법이니까."

백류영은 느긋한 얼굴로 눈을 돌렸다. 백면의 무인들은 점점 그 수가 늘어 어느덧 시야에 전부 들어오지 않을 수준이 되었다.

"어리석은 천회맹에게⋯ 알려주는 게 우선이겠지."

서효의 표정이 살짝 굳어졌다. 그 역시 백면과 힘을 합치기로 결의한 자였지만, 천회맹 출신이었다. 그런 자신과 천협검파의 문도들 앞에서 공개적으로 그런 말을 하는 건 좋은 일이 아니었다.

"그럼, 준비해 두게."

"예?"

백류영의 말에 서효는 고개를 갸웃거렸다. 무슨 준비를 하라는 것인가?

"당연하지 않겠나."

그의 입가에 차가운 미소가 감돈다.

잔학(殘虐)한 눈.

그것이 백영세가의 가주이자 백면의 주인이라 일컬어지는 백류영이 가진 본성이었다.

"전 무림에… 누가 진정한 무림의 맹주인지를 알려줘야 하지 않겠어."

서서히 몰려드는 인파가 보인다.

"천회맹이 왔다!"

외침.

그와 동시에 많은 무인이 웅성대기 시작했다. 천회맹의 등장은 그들에게 있어 꽤나 의외였던 것이다.

"드디어 행차했군요."

단리우는 기다리고 있었다는 듯 몸을 돌렸다.

멀리서 상관휘를 비롯한 몇 명의 무인들이 보인다. 아마 천회맹 말고도 많은 문파가 이쪽으로 향하는 모양이었다.

"예상대로야."

두 명만 알아들을 수 있는 대화다. 서효를 포함한 백면의 무인들도 가만히 서서 그들의 이야기를 듣고 있을 뿐이었다.

"이제 회합을 시작하세."

第三章
회합

사람들은 서둘러 발걸음을 옮기고 있었다.

"서둘러야 한다."

음산한 목소리가 울린다. 앞서 향하는 몇 명의 무인의 표정에는 어두운 그림자가 드리워져 있었다.

"백영세가 놈… 잔재주를 부렸군."

천회맹의 무인들 중, 상관휘 쪽의 파벌을 제한 나머지 무인들은 백면의 행동을 상당히 늦게 전달받았다.

"괜찮으시겠습니까."

옆쪽에 선 자가 조심스레 말을 꺼냈다. 그의 눈은 가장 앞에 선 자의 몸에 둘러져 있는 붕대로 향해 있었다. 그가 부상당한 탓에 그들의 움직임이 상당히 느려질 수밖에 없었던 것이다.

"지금은 그걸 신경 쓸 때가 아니다."

곡원삭은 자신의 상처를 노려보며 은은한 목소리로 중얼거렸다.

그가 소하에게 입은 상처 때문에 전승자들 측은 빠른 움직임을 보일 수 없었던 것이다.

"굉령도는?"

"이제 막 도착하고 있다 합니다. 하지만 최근……."

"독기(毒氣)가 사라졌다고는 들었지. 하지만 상관없다. 일단은… 모일 자들이 다 모여야 한다."

전승자들의 소집.

곡원삭은 자신의 행동이 늦은 것에 짜증이 일었다. 원래라면 백면이 여기까지 모여들기 전에 행동을 서둘렀어야 하건만, 여러 사건들이 자신의 발을 묶고 말았다.

"상관휘 놈에게 너무 신경을 많이 썼어."

상관휘가 백면과 접촉하고 있다는 것에 신경 쓰느라 주의가 돌아간 틈에 백영세는 무림공적으로 서장무인들을 지목한 뒤 무인들의 지지를 이끌어내 천라지망을 펼쳤다.

상황을 깨달았을 때에는 이미 대다수의 서장무인이 시체가 되어버린 터다. 그들을 적당히 이용해 천회맹의 중요성을 부각시키려던 곡원삭의 계획 역시 어그러져 버린 것이다.

"신비공자의 짓이겠군요."

곡원삭의 오른팔인 절룡검(切龍劍) 비요(泌遙)는 인상을 찌푸렸다. 그들의 가장 큰 목표는 바로 천회맹을 점거하는 일이다. 그러나 생각보다 빠르게 백면의 세력들이 자신들을 능가해 무인들의 지지를 얻고 있는 것이다.

"회합에 참석하실 겁니까? 아무래도 신비공자라는 자는 수상한……."

"휘둘러 줘야 한다."

곡원삭은 으득 이를 악물었다. 지금 이 상황까지 몰려 버린 이상, 어떻게든 백면의 행동에 참가해 그들의 의도를 조사해야만 했다.

"다만… 상관휘를 내쳐 버릴 수는 있겠지."

그러나 그 안에서도 노리는 것이 있다. 곡원삭은 눈을 번득이며 빠르게 발을 옮겼다.

무인들이 가득 모인 평원이 눈에 들어온다. 가죽으로 된 막사가 이곳저곳에 세워져 있었고 부상당한 이들은 바깥에서 치료받고 있는 상황이다.

"천회맹이다."

그들을 알아본 이들이 멍한 목소리를 뱉었다.

"천회맹이 왔다!"

"전승자들이다!"

천하오절의 이름은 아직까지도 그들에게 거대한 무게로 자리 잡고 있었다.

곡원삭은 빠르게 걸음을 옮기며 주변을 둘러보았다.

'상처 입은 자들이 많군.'

게다가 수많은 문파의 깃발이 걸려 있다. 대략 이곳에 참여한 문파들은 오십 정도일 것이라 추측한 곡원삭은 이내 과장되게 몸을 돌리며 소리를 쳤다.

"숭고한 그대들의 행동에 감사를 표하오!"

포권하는 곡원삭의 모습에 부상당한 무인들은 멍하니 고개를 들어 그를 바라보았다.

그리고 비요를 비롯한 몇 명의 무인들도 같이 포권했다.

고요가 어림과 동시에 환호가 들려왔다.

그 소리를 뒤로 한 채 곡원삭은 눈살을 살짝 찌푸렸다. 자세히 보지 못하면 알 수 없는 변화였다.

멀리서는 천천히 걸어오고 있는 단리우가 보이고 있었다.

"오셨습니까."

그 목소리에 곡원삭은 단박에 심기가 불편해졌다.

갑작스레 나타난 무림의 영웅.

신비공자를 수식하는 단어 하나하나가 마음에 들지 않았기 때문이다.

"반갑소."

하지만 그 마음을 섣불리 드러낼 수는 없는 노릇이다.

곡원삭의 그러한 인사에 빙긋 웃어준 단리우는 천천히 손을 뻗었다.

"곧 회합이 시작할 겁니다."

"천회맹도 꼭 자리에 함께하고 싶었소."

그의 말에 단리우의 미소가 더욱 깊어졌다.

"안으로 드시지요. 상관 대협께서도 기다리고 계십니다."

상관휘의 이름까지 나오자 곡원삭은 표정을 가장(假裝)하기가 참으로 어렵다는 생각이 들었다.

"명문가들에서도 자리해 주셨지요. 심지어⋯⋯."

단리우의 시선을 따라 곡원삭은 뒤쪽을 보았다. 멀리 걸려 있는 깃발들, 그리고 그 밑으로는 익숙한 복장의 중들이 걸음을 옮기고 있었다.

"소림⋯⋯!"

"소림사에서도 영광스러운 자리에 함께해 주셨습니다."

곡원삭의 표정이 처음으로 미미한 균열을 보였다.

'거기까지 손을 써 놓았던 거로군!'

천회맹의 가장 큰 명분은 바로 시천월교의 멸망에 일조했다는 점이다. 그러나 지금 서장무인이라는 새로운 적을 통해, 단리우는 시천월교의 이야기를 끌어내려 자신들이 새로운 영웅이 되고자 했던 것이다.

그 참관인에 소림은 더없이 좋은 패다. 단리우는 여전히 싱글거리며 웃고 있을 뿐이었다.

"기대가 되지 않으십니까?"

"소림에서는 누가 자리하셨소?"

곡원삭의 목소리는 희미하게 떨리고 있었다.

"훈도 방장이십니다."

그는 주먹을 꽉 쥘 수밖에 없었다. 천회맹의 발족을 가장 크게 도와준 이가 바로 훈도 방장이다. 그런 그가 곡원삭이 알지도 못하는 새에 합석해 있다?

곡원삭의 머리에는 한 줄기 번개가 스치는 듯했다.

'우리를 버리려는가!'

소림은 봉문했다.

그러나 그 이름이 가지는 무게는 막대하다. 소림이라는 이름 아래에 뭉쳐드는 무인들만 해도 어마어마한 수일 것이다.

천회맹이 만들어진 배경은 바로 그 소림의 이름이 있어서였다. 하나 지금 백면을 소림이 용인한다면, 천회맹은 말 그대로 유명무실해질 수밖에 없는 일이다.

"아직 늦지 않았습니다."

웃는 단리우의 모습을 보던 곡원삭은 후우 하고 길게 한숨을 내뱉었다.

"철저히 준비했단 걸 알겠소."

"만박자의 후예에게 그러한 말을 들으니 기쁘군요."

"뭘 원하는 거지?"

"명예(名譽)."

단리우의 목소리가 처음으로 낮은 서늘함을 품었다. 옆에 있던 비요는 그 순간 소름이 돋는 것만 같았다.

"그것뿐입니다."

"천회맹이 그에 방해가 된다는 것이오?"

"함께해 주신다면, 그럴 일은 없겠습니다만."

여전히 빙글빙글 웃고 있을 뿐이다. 가만히 서 있던 곡원삭의 눈에, 이윽고 여러 가지 생각이 스쳐 지나갔다. 지금 자신들이 처한 상황, 그리고 상관휘가 백면과 내통했을 때에 짊어져야 할 무게들을 말이다.

"상관휘는?"

"상관 대협은 분명 좋은 분입니다."

상관세가를 일으켜 세운 데다 다른 세가들을 결집해 어떻게든 천회맹의 한 세력을 만들어내었다. 그만한 인물은 몇 없을 것이다.

"하지만… 쓰고 버리는 데에만 쓸 만한 인물이죠."

"그게 신비공자의 속내로군."

곡원삭이 허탈하게 중얼거리자, 단리우는 여전히 속을 알 수 없는 미소만을 짓고 있을 뿐이었다.

"저는 그리 배웠습니다."

부채를 펼친 그는 입가를 가리며 조용히 말을 이었다.

"이용할 자와 함께할 자를 구분하라고 말입니다."

곡원삭은 이내 흐음 하고 숨을 내뱉을 수밖에 없었다. 어떻게든 서로의 세력을 무너뜨리려고 힘겨루기를 해보았지만 지금 이 상황에서는 자신이 불리하다는 것을 인지한 탓이다.

"우리의 대우는?"

"무림제일을 이어받으신 전승자들을 어찌 매정하게 대하겠습니까."

"…회합 후에 다시 보겠소."

곡원삭은 이윽고 몸을 돌린다. 비요를 비롯한 무인들이 상황을 이해하지 못하고 다급히 그를 쫓자, 마침내 홀로 남게 된 단리우는 비릿한 미소를 지었다.

"모두가 어리석어."

곡원삭이 원하는 것은 자신의 영화(榮華)다.

그렇기에 지금 백면의 존재를 견제하면서도 자신에게 다가올 대우를 알아보려는 것이다.

'역겨운 자.'

단리우는 서슴없이 곡원삭을 그리 평했다. 제 안위만을 생각해 다른 부하들이 죽거나 내쳐지는 것은 전혀 고려하지 않았다.

그러나 이내 거기까지 생각이 옮겨갔던 단리우는 허탈한 웃음을 흘렸다.

"하지만……."

사람들이 거의 다 모여들었다. 입구 쪽의 무인이 서서히 움직여 앞쪽의 인파를 인도했고, 회합장 쪽 역시도 여러 문파들이 들어서기 시작했다.

사실상, 무림을 지탱하는 수많은 기둥이 여기에 모두 모였다고 할 수 있었다.

그 안에서 단리우는 씁쓸하게 중얼거렸다.

"나도 마찬가지가 아닌가."

*　　　　*　　　　*

"대, 대협… 나가지 않으십니까? 지금쯤 곧 대협도 찾고 계실 텐데……."

앞에는 젊은 여인 한 명이 서 있다. 남자처럼 머리를 짧게 자르고, 반듯하게 차려입은 무복과 허리에는 검 한 자루가 걸려 있었다. 초량을 따라온 천회맹의 사절(使節)이었다.

그녀의 조급한 물음에도 탁자에 앉은 남자는 아무 말도 하지 않았다.

무인들이 회합에 가보겠다며 우르르 몰려나간 뒤에도 그는 가만히 자리에 앉아 있어 함께 움직였던 이들은 초조해 미칠 지경이었던 것이다.

"이러다간 입장하지 못할 수도 있습니다."

"그럼 꺼져."

날카로운 목소리가 뒤이었다. 찔끔 두려운 표정을 지은 젊은 무인은 이윽고 힘겹게 말을 뱉어냈다.

"처, 천회맹에서 제게 내린 명령은… 초 대협의 도움이 되라는 것이었습니다."

"도움?"

괭령도 초량의 눈에 불길이 일렁였다.

"너 따위가 무슨 도움이 된다는 거지?"

그의 목소리에 여월(如月)이라는 이름을 가진 여인은 히익 소리를 내며 고개를 숙였다. 안광을 맞받는 것도 어려웠기에, 그는 덜덜 몸이 떨려올 수밖에 없었다.

"죄, 죄송합니다……."

초량은 이내 고개를 돌려 창밖을 바라보았다.

사람들이 우르르 몰려나가는 모습, 객잔 안에 있던 자들 대부분은 악독한 서장무인이 잔혹하게 죽는 모습을 기대하고 있었다.

"이상해."

초량은 멍하니 턱을 괸 채 그렇게 중얼거렸다.

뭔가가 이상했다.

평소라면 자신 역시 그 서장무인을 구경하고 싶었을 것이다.

상관휘를 몰아붙인 데다 수많은 고수를 참살한 서장의 무인을 구경하거나, 혹은 자신이 직접 죽여보고 싶었을 테니까.

그러나 이상했다. 최근 들어 그러한 감정들이 서서히 식어가고 있었던 것이다.

'그놈을 만난 다음부터다.'

초량은 빠득 이를 악물었다. 그가 점점 이빨 빠진 호랑이가 되어간다는 소문이 돌 정도로 초량은 아무 행동을 보이지 않았지만 소하의 기억이 떠오를 때마다 짜증이 솟구치곤 했다.

굉명을 빼앗기는 순간, 그리고 몸으로 치밀어 오는 굉천도법의 초식이 떠올랐던 것이다.

"대, 대협. 괜찮으십니까."

여월이 허겁지겁 말을 꺼내자, 초량은 턱을 괸 채로 쏘아붙였다.

"여기 있을 필요는 없으니 꺼져라. 어차피… 내가 가지 않아도 문제없으니까."

이상하게 짜증이 나서 회합에 참석하고 싶지 않았다. 곡원삭의 의중(意中)을 얼추 짐작할 수 있기도 했고 그 과정에서 또 어떤 정치적인 행동이 오갈지 알았기 때문이다.

"괴, 굉령도 대협께서 자리하지 않으시면 누가 오신다는 겁니까!"

여월이 다급히 그리 말했다.

그것에 초량은 창가로 향하던 시선을 느릿하게 그녀에게로 보냈다.

"내가 뭐라고 생각하지?"

"대, 대협은… 천하오절 굉천도의 전승자십니다."

"개소리."

그는 그녀의 말을 일축하며 씁쓸하게 중얼거렸다.

"굉천도의 전승자는 따로 있다."

굉명지주.

무림에 퍼지기 시작한 그 어마어마한 소문을 모르는 이는 없었다.

무림의 신성으로, 그의 정확한 정체는 아는 자가 거의 없지만 모두가 대단한 인물의 등장이라는 것만은 확실히 알고 있었다.

무당파에서 검렵 선무린과 부딪쳐 그를 물러나게 만들었다는 소문이 이미 쟁쟁하게 퍼져 있기 때문이다.

"저, 저는… 초 대협이 더 뛰어나시다고 생각합니다."

초량은 눈살을 일그러뜨렸다. 그녀도 이미 초량이 소하에게 무참하게 패했다는 사실을 알고 있을 것이기 때문이다.

"한 번만 더 그딴……."

"선홍문(宣弘門)을 기억하십니까?"

여월의 말에 초량은 입을 다물었다. 선홍문이란 이름이 낯익으면서도 기억이 나지 않았다.

"초 대협께서… 그곳을 점거했던 산적들을 몰아내 주셨었죠."

"삼적마두(三適魔頭)라는 놈 말이군."

선홍문이라는 중소 문파를 점거하고 사람들을 사고팔며 악행을 자행하던 놈이었다.

초량은 그가 베일 때 돼지처럼 울부짖었다는 사실을 기억해 내고는, 이내 고개를 선선히 끄덕였다.

"저는 그들에게 대항하지 못했습니다. 힘이 약했기에."

여월은 꾹 입술을 깨물며 중얼거렸다.

"하지만 대협께서 와주신 덕에 다른 사람들을 구할 수 있 었죠."

"제대로 기억나지 않는군."

여월은 우물쭈물거리다 이내 희미하게 웃었다.

"그렇다고 해도, 저희를 구해주신 것만은… 변함이 없으니 까요."

초량은 허, 하고 숨을 뱉었다.

여월은 이내 자리에서 일어서며 객잔의 입구를 바라보았다. 일단 그가 움직이지 않을 거라면, 자신이 직접 초량의 불참을 알리기 위해서였다.

"돌아가신 아버지께서도 고마워하고 계실 겁니다."

"……."

초량이 아무 말도 하지 않자, 그녀는 이내 살짝 미소를 지 으며 걸음을 옮기려 했다.

"일단 천회맹 분들께 대협이 참가하지 않는다는 사실을 말 씀드려야……."

"아이고, 더워!"

그때 발을 헤치며 누군가가 불쑥 들어왔다.

놀란 여월이 멈칫거렸지만, 이내 들어온 사람은 거칠게 앞으로 뛰어가며 숙수에게 외치고 있었다.

"물, 물 좀 주세요! 차가운 걸로!"

당황한 여월은 뒤이어 오는 소년과 소녀를 바라보았다. 두 명 다 잔뜩 지친 표정이 역력했다.

그리고.

"허어."

살기 어린 목소리가 흘렀다.

여월이 당황해 뒤를 바라보자 그곳에는 서서히 일어서고 있는 초량이 있었다.

"여기서 만나게 되는군."

내공의 기운이 퍼져 나간다.

그것에 주방 앞에 있던 소하는 고개를 돌렸다.

둘의 눈이 마주쳤다.

금방이라도 폭탄이 터져 나갈 것만 같은 일촉즉발(一觸卽發)의 상황.

초량이 무어라 말을 꺼내기도 전에 소하는 고개를 갸우뚱 기울였다.

"누구시죠?"

침묵이 흘렀다.

초량의 눈가가 서서히 치켜 오르는 게 보인다. 여월이 당황해 앞으로 나서려는 순간 초량은 옆에 놓여 있던 자신의 애도, 비영을 움켜잡았다.

"놈!"

콰아아아앗!

순간 식탁이 옆으로 날아가며 의자들이 퉁겨 나간다. 초량이 끌어 올린 황망심법 때문이다. 마치 번개와 같이 바직거리는 기운들이 순식간에 그의 몸을 휘돌고 있었다.

"나를 기억하지 못한다고 말하는 건 아니겠지……!"

"대, 대협!"

여월이 당황해 소리치자, 소하는 이내 갸우뚱 고개를 기울인 채로 머쓱한 표정을 하고 있다 한숨을 내뱉었다.

"넘어갈 수 있을 줄 알았는데…….'

처음 초량을 본 순간 일이 귀찮아질 거라 생각해, 적당히 모르는 척을 하면 사태가 진정될 줄 알았기에 소하는 귀찮아지는 것을 느꼈다.

"난 그쪽이랑 볼 일이 없어."

"이쪽은 있다."

초량은 음산한 소리를 내뱉으며 손을 들어 올렸다. 비영에서 웅웅거리는 소리가 맴돌기 시작하고 있었다.

"안 됩니다!"

그 순간 소하와 초량의 사이에 여월이 몸을 던졌다.

그녀는 팔을 옆으로 쭉 뻗으며 초량을 다급히 바라보고 있었다.

"싸움이 일어나면 대협께서 위험할 수도 있습니다!"

현재 초량의 입지는 좋지 않다. 광명지주의 등장, 그리고 그에게 패배한 일로 인해 전승자의 위치를 위협받고 있는 실정이었고, 곡원삭 역시 초량을 한심하게 생각해 그에게 별다른 임무를 부여하지 않았기 때문이다.

만약 지금 여기서 또 싸움이 일어나거나 했다간, 정말로 그는 천회맹에서 제외 당할지도 모르는 일이었다.

"비켜라."

초량의 목소리에는 살기가 뚝뚝 묻어나고 있었다.

"두 동강 나고 싶지 않으면."

"그, 그래도 안 됩니다!"

여월은 입술을 짓씹으며 초량을 마주 바라보고 있었다. 팔을 벌린 자세, 칼조차 뽑지 않겠다는 태도가 역력하다.

"흠."

뒤에서 그 광경을 보던 소하는, 이내 어깨를 으쓱였다.

"나도 싸울 마음은 없어. 만약 그러고 싶다면……."

소하의 눈이 창가를 향한다. 그곳에는 회합을 위해 앞으로 걸어가고 있는 수많은 무림인이 있었다.

"이 이후에 상대해 주지."

"네놈도 회합 때문에 온 건가?"

가만히 고개를 끄덕이는 소하를 보던 초량은, 이내 칫 소리를 내며 비영을 내려놓았다.

여월의 말도 이해가 갈뿐더러 소하가 뒤쪽의 연사와 목연을 보호하며 서 있는 모습을 보았기 때문이다.

초량이 다시 자리에 걸터앉자, 소하는 뒤를 돌아보며 얼굴이 새파랗게 변한 숙수에게 물었다.

"물이랑 간단히 먹을 만한 것 좀 주세요. 오래 걸어왔더니 배가 고파서."

"예, 예! 알겠습니다요!"

소하는 그 이후 창가 쪽 자리로 이동해 목연과 연사를 앉혔다.

"괜찮으신가요……?"

연사의 조그마한 목소리에 소하는 뺨을 긁적거리며 옆쪽을 흘깃 바라보았다. 조금 뒤쪽에 위치한 초량의 자리에서는 여월이 당황해 초량을 달래고 있는 중이었다.

"뭐… 지금 당장은 덤벼들지 않을 것 같아."

일단 소하는 금하연이 회합의 입장을 위해 움직이는 동안 두 명을 보호해야 했기에, 초량이 덤벼든다면 전력으로 상대할 생각이었다.

"저분이 굉령도… 아주 위험한 분이라고 들었어요."

"응. 나도 좋아하진 않아. 하지만……."

소하는 여월이 끼어든 순간 초량의 칼날 끝이 조금 흐트러지는 것을 보았다.

"지금은 괜찮을 것 같아."

한편, 목연은 멍한 눈으로 초량을 바라보고 있었다. 그가 황망심법을 끌어 올렸을 때 어마어마한 기운이 객잔 내를 뒤덮는 것을 보았기 때문이다.

'저게 고수.'

젊은 무인들 중에서 단연 손꼽히는 고수인 굉령도 초량이다.

그러나 목연은 허탈한 기분이 들었다.

그럼에도 소하보다 모자란다.

이전 소하가 갈위와 싸웠을 때 보여줬던 신위는 도저히 눈꺼풀 아래에서 지워지지 않을 정도로 무지막지했기 때문이다.

"대협과 싸우고 싶어 한 것 같았습니다."

목연의 조심스러운 목소리가 들리자, 소하는 턱을 괴며 흠 소리를 냈다.

"그렇겠지."

소하의 등에 매어져 있는 굉명.

그것을 사이에 두고 초량과 소하가 싸움을 벌였다는 건 이미 공공연한 일이었다.

목연은 그 격전을 추측하는 것만으로도 아찔해지는 기분이었다.

"무림인은… 싸움을 피하기 어렵군요."

"뭐, 그래도……."

어떤 말을 해야 할지 고민하던 소하는, 이윽고 나직이 중얼거렸다.

"그게 전부는 아니니까."

목연은 알 수 없다는 듯 소하를 빤히 바라보고 있을 뿐이었다.

그는 생각하면 할수록 특이한 자였다.

천하오절의 무공을 한 몸에 지니고 있으면서도, 그것으로 유명해지려는 생각을 하지 않고 있다. 지금쯤이면 수많은 가문들에게서 돈을 받거나 유명한 문파에 들어갈 수도 있었을 텐데, 그는 천회맹이나 백면 어디에도 붙으려는 행동을 보이지 않았다.

그저 무림을 돌아다닐 뿐이다.

목연은 그것을 이해할 수 없었다. 자신에게 만약 그 힘이 있었다면, 좀 더 많은 일들을 했을 거라는 생각이 들었다.

"대협은……."

"대협이란 말, 듣기 너무 어색해."

소하는 후우 하고 한숨을 내쉬었다.

"나이 차이도 얼마 안 나잖아."

이내 눈짓하는 모습. 소하는 숙수가 내오는 그릇을 받으며 배시시 웃음을 지었다. 밥을 먹을 생각을 하니 마냥 즐거운 모양이었다.

"그냥 형 동생 하자."

그 말에 두 명은 눈을 동그랗게 떴다. 예법이 철저해야 했던 문파의 상황상 이렇게 말을 해오는 사람은 처음이었기 때문이다.

소하는 어느새 젓가락을 들고 음식을 먹는 데에 집중하고
있다.

가만히 그것을 바라보던 목연은 이내 조용히 중얼거렸다.

"예… 형님."

                    *   *   *

"곡원삭 대협께서 드십니다."

조용한 목소리.

곡원삭은 천천히 어두운 빛깔의 나무판자 위를 걸으며 앞
을 바라보았다.

향냄새가 은은히 번지는 장소, 백면의 손님들 중에서도 가
장 중요하다 여겨지는 이들을 위해 따로 빌린 전각이다.

"여기 오실 거라고는 생각하지 못했었습니다."

곡원삭의 목소리에는 희미한 날카로움이 배어들어 있었다.

그의 눈이 향한 곳에는 널찍한 가사를 걸친 노승 하나가
앉아 있었다.

작고 말라 보이는 모습임에도 불구하고, 쉽사리 무시할 수
없을 정도의 기운이 흐른다.

구대문파에서도 가장 큰 명성을 자랑하는 소림, 그 소림을
다스리는 당대 방장이 바로 눈앞의 훈도 대사였다.

"…오랜만에 보게 되는군."

그의 목소리가 들려오자 곡원삭은 인상을 와락 찌푸리고 싶은 충동에 사로잡혔다.

"제게 했던 말과 다른 행동을 보이셨습니다."

"시대를 보았기 때문이네."

"시대?"

곡원삭은 고개를 옆으로 기울였다.

그의 눈에서는 불똥이 튀고 있었다.

"전승자들을 이용해 시천월교를 제거하려 한 건 바로 방장이 아닙니까!"

전승자들의 등장은 시천월교의 압박에 신음하던 무림에 있어 한 줄기 빛살과도 같은 것이었다. 그렇기에 훈도 방장은 이들을 한데 모아, 무림의 영웅으로 추대하고자 했다.

그렇기에 천회맹이 만들어질 수 있었고, 시천월교를 멸망시킬 수 있었던 것이다.

"그렇지."

훈도 방장의 목소리는 좀 더 작고 희미해져 있었다.

"하지만… 백면의 길이, 천회맹보다 더 올바르다고 여긴 것뿐일세."

"올바르다?"

곡원삭의 입가에 비릿한 미소가 흘렀다.

"잘못 생각하고 계시군요."

그는 서슴없이 발을 옮겼다. 지금 이 전각에는 훈도 방장과 곡원삭을 제외하고는 아무도 없었다.

"이 무림에 올바른 자는 없습니다."

그는 훈도 방장의 앞에 서며 음산한 목소리를 내뱉었다.

"누가 더… 서로를 이용하는가에 따라 달라질 뿐이죠."

"자네는 이용당하려 하는가?"

그 말에 곡원삭은 아무 말도 하지 않았다.

"백영세가는 좋은 때를 잡았습니다. 천회맹이 약해지고… 명분마저 빼앗겼을 때를 노렸지요."

서장무인의 등장은 시천월교의 공포를 기억하는 이들에게 있어 크나큰 사건이었다.

그들에게 다시금 지배당할지도 모른다는 공포가 있었기에 백면이 이만큼 성장할 수 있었던 것이다.

"그렇다면, 시운(時運)을 타고난 쪽을 골라야 하겠지요. 방장님도… 그에 따르신 겁니까?"

"정확히 이야기 하자면……."

훈도 방장은 살짝 눈썹을 떨었다.

"스스로의 한계를 느꼈기 때문이지."

곡원삭은 말을 잇지 못했다.

그의 말에 설득된 것이 아니다. 그저 훈도 방장이 하는 말의 연유(緣由)를 이해하지 못한 탓이다.

"결국 모두……."

훈도 방장의 눈에 어두운 그늘이 드리웠다.

곡원삭이 자세한 내용을 묻기 위해 입을 연 순간.

지이이잉!

울려 퍼지는 소리가 들렸다.

그러고는 내공 서린 목소리가 우렁차게 전각 안을 뒤흔들었다.

"회합이 시작합니다!"

그 외침에 곡원삭이 고개를 돌린 순간, 훈도 방장은 천천히 자리에서 일어났다. 땅에 쓸릴 정도로 긴 가사를 걸친 채, 그는 조용히 중얼거렸다.

"새로운 시대일세."

그는 여전히 시체처럼 딱딱하게 굳어버린 표정을 한 채였다.

"이제 본승은 관여할 수 없어."

*   *   *

사람이 몰려든다.

무림 초유의 일이었다.

이만한 세력들이 동시에 자리한다는 건 이전 세대의 무림맹의 총소집(總召集) 이후 없었기 때문이다.

사실상 무림인들이 백면을 그만한 조직으로 인정하기 시작했다는 증거다.

"따르는 문파의 수만 해도 백 이십을 넘어선다니."

가벼운 감탄성을 뱉은 무인들은 빽빽하게 회합장 안을 채운 자들을 바라보았다. 여기저기에 유명한 이들이 자리해 있었기 때문이다.

"머릿수만 센다면, 무림맹이라고 해도 믿겠어."

그 우스갯소리가 거짓으로 느껴지지 않을 정도다.

백류영은 그 몰려든 인파를 자랑스럽게 바라보고 있었다.

"보이나?"

단리우는 뒤에서 살짝 웃음을 지었다.

"전부 가주님의 힘입니다."

백영세가의 힘.

백류영은 그 말을 듣자 절로 등줄기에 힘이 들어가며 다리가 빳빳하게 서는 것만 같았다.

백영세가를 필두로 한 백면을 보기 위해 모두가 이 자리에 온 것이다.

"자네의 덕이기도 하지."

백류영은 위선적인 미소를 지었다.

"늘 고맙게 여기고 있네."

"별말씀을."

단리우는 부채로 입가를 가린 채 눈꼬리를 휘었다. 그 역시 이만큼 모여든 인파에 제법 만족한 참이었다.

"이제 시작하시죠. 모두가 가주님을 기다리고 있습니다."

"음."

백류영이 척척 걸어 나가기 시작하고, 백영세가의 무인들 역시 자부심 어린 표정으로 걸음을 옮겼다.

그런 그들을 두고 백면의 무인들은 모두 가만히 서 있는 모습이었다.

"자, 그럼……."

단리우는 여전히 웃는 목소리로 중얼거렸다.

"시작해 볼까."

회합장에 모인 이들의 눈이 보인다.

그들은 들어서는 백류영을 보며 갈채를 보내고 있었다.

앞에 선 이들에게 포권해 보인 백류영은 이내 목을 가다듬더니만 내공을 집중해 외쳤다.

"부름에 응한 무림의 영웅들께 이 백류영이 감사를 올리오!"

쩌렁쩌렁한 목소리, 맑고 곧은 목소리에 다들 가슴이 울리는 것만 같았다. 지금 이 상황은 마치 무림에 새로운 빛살을 가지고 올 영웅의 등장과도 같았기 때문이다.

"백영세가!"

"무림제일세가!"

"무림의 자랑이다!"

외침이 들린다.

백류영은 밝은 미소를 지어 보인 뒤 당당하게 말을 시작했다.

"이제까지 우리는 수많은 위협을 겪어와야만 했소."

고급스러운 붉은 장포를 두른 그는, 이내 쿵 소리가 나도록 세게 발을 디뎠다.

"무림을 어지럽히는 수많은 마두가 있었소!"

그러자 무인들은 동시에 고개를 끄덕였다. 협객(俠客)이란 바로 그러한 자들을 벌하기 위해 일어난 이들이었다.

"심지어 세외에서도 우리의 영토를 침범하기도 했었던 것을 기억하시오?"

"북궁(北宮)!"

한 남자의 외침에 백류영은 고개를 끄덕였다.

북궁이란, 이전 세외의 문파 중 하나로 무림을 몇 년 동안 집요하게 괴롭혀 온 자들을 의미하는 말이었다. 물론 그 후 무림맹의 공격으로 모조리 몰살당하기는 했지만, 그들의 존재는 분명 무림에 큰 위협이 되었었다.

"그리고… 결국 우리가 이겨내지 못했던 적도 있었소!"

장내가 고요해졌다.

"시천월교."

백류영은 고요히 그 이름을 되뇌었다. 시천월교의 이름은 이제 전 무림에 공포로 자리 잡았던 터였다.

"하지만 이제 그들의 시대는 지나갔소."

조용히 손을 내저은 백류영은 이윽고 고개를 높이며 말을
이었다.

"새로운 시대가 우리를 기다리고 있소!"

발을 구르는 이가 보였다.

무인들은 모두 눈을 빛내며 백류영을 바라보고 있었다.

"그리고 그 시대는……!"

뒤쪽에서 모습을 드러내는 백영세가의 무인들.

모두가 비단으로 이루어진 무복에 멋들어진 무기를 착용하
고 있어, 보는 순간 몇 명은 경외에 찬 눈을 짓기까지 했다.

"바로 여러분과 백면이 함께 만들어갈 것이오!"

곧이어 무인들이 뒤쪽의 천을 치운다.

그곳에 있는 자를 보자 몇 명이 환호성을 질렀다.

"서장 놈이다!"

밧줄에 묶인 채 고개를 숙이고 있는 인간도의 모습에 무인
들은 손을 흔들며 기뻐하고 있었다.

"죽여야 하오!"

"저들은 무림악적! 당장 없앱시다!"

이것이다.

백류영은 자신의 의도를 확실히 무림의 무인들 앞에서 고함
쳤다.

천회맹을 대신해 백면이 그 자리를 차지한다.

서장을 막아내고 무림을 이끌어가는 중추가 되겠다는 뜻

이다.

곧이어 모든 무인들이 박수를 치기 시작했다.

그들이 찬성의 고함을 지르려는 찰나.

누군가가 앞으로 뛰쳐나왔다.

"잠깐!"

내공이 섞인 고함이다.

모두가 멈추자 앞으로 나선 남자는 헐떡이며 숨을 내뱉었다.

"그전에… 백영세가주에게 묻고 싶은 게 있소!"

핼쑥해진 얼굴, 길게 길러 묶은 머리는 어지럽게 흔들린다.

그를 알아본 몇 명이 안쪽에서 당황한 표정을 지었다.

"위!"

상관휘가 놀라 고함을 질렀다. 이제 백면의 주장이 끝나면 천회맹 역시 그를 따르겠다며 세력을 흡수하는 것으로 말을 맞춰둔 뒤였다.

상관휘가 나서려는 순간 어디선가 제갈위가 뛰쳐나온 것이다.

"신룡, 제갈위가 아닌가."

그를 알아본 자들이 웅성거리기 시작한다.

제갈세가의 젊은 신진고수인 그가 이렇게나 엉망인 모습으로 나설 줄은 몰랐던 것이다.

"무엇이오?"

백류영은 의외의 등장에 의문이 일었지만, 이내 아무렇지 않은 표정으로 응대했다.

그에 비해 제갈위는 달려오느라 숨을 헐떡대며 정신없이 어깨를 들썩이고 있었다.

"그동안의 일에 대해… 묻고 싶은 게 있소."

"무슨!"

"자리를 가리시오!"

두 명의 무인이 나선다.

그러나 그 순간 번쩍이는 칼날이 눈앞을 갈랐다.

"으헉!"

제갈위를 붙잡으려던 자는 자신의 미간에 다가와 있는 칼날에 놀랄 수밖에 없었다.

검봉을 들이밀고 있는 자는 다름 아닌 천협검파의 문주인 서효였다.

"서, 서 대협!"

"이게 무슨 짓입니까!"

놀란 무인들이 고함치는 것에도 서효는 여전히 딱딱한 표정을 짓고 있을 뿐이었다.

제갈위는 그들이 잠잠해지자, 이내 백류영을 보면서 말을 이었다.

"백 가주, 솔직히 말해주시오."

잠시 침묵이 일었다. 침을 삼킨 제갈위는, 이내 분연하게 말을 이었다.

"백면은… 서장과 내통한 것이오?"

*   *   *

밤.

어둠 속에서 신음하던 인간도는, 이윽고 눈을 들어 올렸다.

누군가 철문을 열더니만 그가 누워 있는 볏짚 위로 다가왔기 때문이다.

"이자가 서장의 무인……."

제갈위는 당황한 표정을 지었다.

이전에 보았을 때는 그렇게나 험상궂고 두렵기 그지없었거늘, 이미 고문과 각종 공격을 당한 그는 엉망이 된 모습으로 쓰러져 있을 뿐이었던 것이다.

제갈위를 데려온 서효는 서늘한 목소리로 말을 꺼냈다.

"네 요청대로… 상황을 '판단할 자'를 데려왔다."

서효가 알고 있는 한 제갈위가 가장 사태를 객관적으로 이해하고 있는 자다.

그는 천회맹의 타락을 알자마자 서서히 상황에서 벗어나기 시작했고 백면의 의도를 읽고는 우선적으로 상관휘를 비롯한 수뇌부에 보고하기까지 했다.

그러나 백면보다 스스로의 정치적 싸움을 우선시하던 상

관휘는 그를 무시했다. 옆에서 모든 것을 보고 있었던 서효는 다짜고짜 제갈위를 찾아가 그를 데리고 이곳으로 온 것이다.

인간도는 조용히 갈라진 입술을 떼었다.

"네게는… 힘이 있나?"

"힘?"

제갈위가 당황해 묻자 인간도는 컥컥대며 핏물을 토해냈다. 그의 몸은 이미 만신창이였던 것이다.

"진실을… 말할 수 있는 힘……."

금방이라도 꺼질 것 같은 인간도의 목소리에 제갈위는 이내 고개를 들어 올렸다.

소하가 했던 말.

그것을 기억하고 있었기에 그는 이를 꼭 앙다물었다.

"가지고 있네."

그 말에 인간도는 허탈한 웃음을 흘렸다.

"그렇다면… 나를 이용해라."

*　　　*　　　*

"지금 무슨 소리를 하는 거요!"

"제갈세가는 정신을 잃었는가!"

고함이 뒤이었다.

어지럽다.

제갈위는 당장에라도 발밑이 무너져 내리는 것만 같은 감각들에 휩싸이고 있었다.

"기이한 말이로군."

백류영의 눈에 살기가 번진다.

지금 그러한 말로 자신의 웅대한 첫 걸음을 더럽혔다는 것인가?

분노가 치밀어 올랐다.

"그 말에 어떤 대가가 따를지 모르는 이가 아니라고 생각하겠소."

그렇다.

천회맹마저 억누르는 힘을 가지게 된 백면이다. 그런 백면이 서장과 내통했다는 말은 그것만으로도 많은 무림인에게 분노를 사게 만들 법한 주장이었던 것이다.

더군다나 지금은 각종 문파들이 모여 있다.

여덟 명의 무승이 둘러싸고 있는 훈도 방장의 자리를 흘깃 훔쳐본 백류영은, 이내 눈살을 찌푸리며 말을 이었다.

"근거도 없는 말을……!"

"근거라면 있소."

제갈위의 말에 다시금 대중들이 출렁였다.

신룡이라 불리며 그 재능을 빛냈던 제갈위다. 그런 그가 서장과 백면의 내통에 근거가 있다고 말한 순간, 모두들 의문에 휩싸이기 시작한 것이다.

"백영세가의 근본에 의문을 제시하는 것이오? 우리가 시천월교나 세외 문파의 공격에 얼마나……."

"내가 말하고자 하는 이는 다른 자요."

제갈위는 숨을 억지로 삼켰다. 지금 자신이 헐떡이고 괴로운 모습을 보인다면 믿을 사람들도 믿지 못하게 될 수 있다.

그는 최대한 자신을 당당하게 보이려 어깨를 펴며 말했다.

"나는 신비공자."

제갈위의 말이 끝나는 순간 모두의 눈이 그에게로 향한다.

"당신에게 묻고 싶은 것이오."

고요했다.

백류영에게 의문을 제기했다면 모두가 반발했을 것이다. 그러나 신비공자 단리우에게 제갈위가 화살을 돌린 순간, 모두가 의아하다는 눈으로 그곳을 쳐다보았다.

"재미있는 이야기로군요."

단리우는 조용히 부채로 입가를 가린 채 제갈위를 바라보고 있었다.

"갑작스럽습니다만… 그 근거에 대해 말씀해 주실 수 있겠습니까?"

"세외의 세력들 중."

제갈위는 후우 하고 길게 숨을 뱉었다.

"명우(茗祐)라는 곳이 있다는 것을 아시오?"

모른다.

모두의 눈에 의문만이 깃들었을 뿐이다. 그러나 제갈위는 아무런 표정을 짓고 있지 않은 단리우를 빤히 바라보았다.

"과거, 서장으로 떠났던 천하마룡(天下魔龍)의 조직이오."

"그자는……"

"전대의 대마두가 아닌가!"

이제야 알아본 이들의 목소리가 터져 나왔다.

천하마룡.

그는 과거 천하오절과 피튀기는 혈투를 벌이고서야 겨우 제압할 수 있었던 당대의 강자였다.

그만이 아니라 그의 수많은 부하 하나하나가 대단한 힘을 지니고 있었기에, 그의 세력은 단숨에 무림을 집어삼키며 위세를 자랑하고 있었다.

그때 나타난 것이 바로 천하오절의 무인들이었다. 당시 젊었던 광천도 마령기와 백로검 현암이 동시에 습격해 들어갔고, 수많은 이를 참살하던 천하마룡의 세력들은 일시에 반 토막이 나버렸다.

그러나 그런 두 명도 천하마룡이라는 고수 앞에서는 평수(平手)를 유지할 수밖에 없었다.

"하지만… 천하마룡은 시천마에게 죽었소!"

"그랬었지."

제갈위는 숨을 삼켰다.

서장의 무인에게 들은 이야기, 그러나 자신의 의혹과도 비슷하게 맞아떨어진다.

"천하마룡 단리성은… 자신의 가문을 지키기 위해 스스로 시천마의 앞을 막아섰다고 하오."

그 말에 사람들이 움찔거린다.

천하마룡의 이름을 들어본 것은 처음이기 때문이다.

눈이 향한다.

단리우는 부채로 입가를 가린 채 아무 말도 하지 않았다.

"그리고 그 가문은 직계 후손 하나만을 데리고 서장으로 향했다고 하지."

"설마."

사람 한 명의 중얼거림이 씨앗이 되어 모두의 눈이 돌아간다. 백류영 역시 마찬가지였다.

그는 생각도 못 했다는 표정으로 단리우를 바라보고 있었다.

"그 소년은 가진 뛰어난 무공과 재지(才智)로 단숨에 그곳의 지식들을 익혀 나갔다고 하오."

제갈위는 입술을 꾹 깨물었다.

무겁다.

누군가의 압력이 자신의 온몸을 짜부라뜨리는 것만 같았다.

"서장무림에서는 그를 왕재(王才)라고 불렀고 실제로 서장무림의 육도(六道)라는 조직에서는 그를… 차기 서장의 왕으로 추대하려 했었다지."

그 순간 상관휘의 눈이 옆으로 향했다. 그 시선의 끝에는 인간도가 허탈한 눈으로 앉아 있는 모습이 보였다.

"그러나 그는 어느 순간 서장무림을 배신했소. 천하마룡의 무공을 들고… 그곳을 탈출했지."

천하마룡은 서장무림에 있어 제왕과도 같은 존재였다. 그런 그의 무공은 숭고하게 여겨져 아무도 손대지 않았건만, 그 직계 혈족이 그것을 들고 도망쳐 버린 것이다.

그가 서장을 배신하고 무림에 붙었다.

모든 서장의 무인들은 그렇게 느낄 수밖에 없었다.

"그렇기에……."

인간도의 입에서 조용한 목소리가 흘러나왔다.

"우리는 위왕(僞王)을 쫓고자 했다. 그가 가진 힘을… 수거하기 위해서……."

모두가 침묵한다.

제갈위는 손을 뻗으며 외쳤다.

"묻겠소! 신비공자!"

기세를 탔다. 모두가 조용해진 바로 이 순간, 진실이 무엇인지 긴가민가해진 순간에 박차를 가해야 했다.

"백면은 이제까지 수많은 문파를 비밀리에 공격해 왔소! 천회맹과의 싸움, 그리고 따르지 않는 이들을 힘으로 복속(服屬)해 왔음을 부정하지는 않겠지!"

그것은 사실이다.

모두가 겉으로 말하지는 않지만, 은근하게 느끼고 있던 부분이었다. 무림은 원래 그러한 일들이 비일비재하게 일어나는 곳이기 때문이다.

"그리고 서장의 무인들에게 정보를 흘려… 문파들을 기습하게 만들었지!"

단리우의 눈가가 살짝 찌푸려졌다.

"가만히 들을 수 없는 이야기오. 제갈 소협. 서장의 악인에게 어찌 그런……."

"천하마룡의 무공은 서장의 흡성영골(吸成靈骨)!"

제갈위가 성큼 발을 내딛자, 가면을 쓴 자들이 옆쪽에서 나타나며 단리우의 앞을 막아섰다.

"그 증거는 몸에 나타나는 특유의 문양에 있다고 했소!"

단리우는 아무 말도 하지 않았다.

"그렇지 않습니까! 훈도 방장!"

고함을 지르는 제갈위의 모습에 곡원삭과 백류영의 눈이 거칠게 뒤쪽을 향했다.

가만히 사태를 관망하던 훈도 방장은 조용히 고개를 끄덕였다.

"천하마룡의 무공이라면 지금도 눈앞에 선하군."

제갈위는 다시 단리우를 바라보았다.

"그렇다면 증명해 주시오. 신비공자 단리우."

제갈위는 가면을 쓴 자들의 몸에서 살기가 빗발치는 것을 보았다.

"우리에게 당신을 믿을 수 있게 해주시오."

침묵이 흘렀다.

단리우는 아주 조용히 부채 속에서 한숨을 내쉬었다.

"정말로… 당황스러운 말씀이군요."

모두의 시선이 모인다.

단리우는 부채를 내렸다. 그 틈으로 드러난 그의 입가에는 한 점의 웃음도 걸려 있지 않았다.

"이렇게나 빨리……."

그는 차가운 눈을 들어 올렸다.

"계획을 실행해야만 하다니."

쿠우우웅!

굉음이 들린다.

뒤쪽에 서 있던 자들은 문득 문이 거센 소리를 내며 닫히는 것을 보았다.

"무슨 짓… 헉!"

나서려던 무인은 이내 가면을 쓴 무인들이 하나둘씩 나타나는 것을 보고는 숨을 삼켰다.

도합 삼백이 넘는 무인이 주변을 둘러싼다.

가면을 쓴 자들은, 거침없이 검을 뽑아 들었다.

"신비공자!"

"이, 이게 무슨 짓이오!"

문을 잠그는 것과 동시에 막아선다. 이곳에 모인 무인들은 모두 갇힌 것과 다름이 없었던 것이다.

"애초부터 이럴 생각이었군."

제갈위는 이를 악물며 중얼거렸다.

"눈치가 빠른 자들은 꽤 마음에 들어 하고 있소만."

단리우는 희미하게 얼음장 같은 미소를 흘렸다.

"지나친 이들은 역시 꺼려지게 되는군."

"무림의 중핵들을 모조리 제거하려는 것인가!"

그 둘의 고함을 뒤로 한 채, 백류영은 멍하니 주변을 둘러보고 있었다.

"시, 신비공자."

모두가 살기를 내뿜는다.

당황한 무인들이 슬금슬금 물러서며 무기를 들지만 그들에게서 풍기는 기운은 다른 자들과 사뭇 달랐다.

곧이어 단리우의 뒤에 있던 홍귀를 비롯한 고수들마저 나서자 백류영은 고함을 지를 수밖에 없었다.

"이게 지금 무슨 짓인가!"

"여전히 느린 친구로군."

단리우는 싸늘하게 중얼거렸다.

"이제 네 쓸모가 사라진 거다."

그 순간.

파아아악!

백류영은 백영세가의 무공을 대성한 고수다. 아마도 비슷한 나이대에서라면, 그는 천회맹에서도 강자의 위치를 노릴 수 있을 정도의 무공을 지녔다고 할 수 있었다.

눈꺼풀이 깜박인다.

백류영은 자신의 가슴을 파고든 무형의 기운에 헙 하고 숨을 삼키며 크게 휘청거렸다.

"이… 건……."

부채를 휘두른 순간 대기는 칼날이 되어 백류영의 몸을 갈랐다.

"비형흔(飛炯痕)."

단리우는 백류영에게서 아예 시선을 떼며 중얼거렸다.

"백영세가의 독문무공이지."

"왜… 네가……!"

"당연한 게 아닌가."

단리우는 시선을 앞으로 향한 채, 천천히 백류영을 지나쳤다.

"자네에게 접근한 이유가 그거였거든."

"이… 놈……!"

백류영이 피를 뿌리며 쓰러지는 순간 주변의 무인들은 비명을 지르기 시작했다.

칼을 뽑아 덤벼드는 자도 있었지만, 일부는 살기 위해 도망치려 하고 있었다.

"사실 이렇게 시작하고 싶지 않았소."

제갈위를 바라보며 단리우는 나직이 중얼거렸다.

"하지만 어쩔 수 없군."

소림의 무승들이 당황해 봉을 치켜드는 모습이 보인다. 그리고 동시에 그림자 사이에서 가면을 쓴 이들이 척척 내려앉기 시작했다.

"죽여라."

무기를 빼 드는 소리가 들렸다.

무인들이 당황하는 순간, 백면에 속한 이들은 바람처럼 그들에게로 달려들어 칼을 휘두르기 시작했다.

第四章
간계

"무엇을 원하느냐."

소년은 그때 처음으로 하늘을 보았다.

세상 그 누구도 대적할 수 없을 것만 같았다.

쓰러진 자들은 모두 낮은 신음만을 흘리며 움직이지 못했다. 평소 산이라도 깨부술 수 있을 것 같았던 강자들이다. 그러나 이자를 만난 순간, 옴짝달싹도 못한 채 땅에 무릎을 꿇고 말았다.

오로지 소년만이 자리에 서 있을 뿐이었다. 하지만 그것뿐이다. 팔다리는 묶여 버린 듯 움직일 수도 없었으며 강대한 기압 탓에 어깨가 끊어져 내릴 것만 같았다.

"힘."

소년은 겨우 입을 열어 대답했다.

소년은 절대자의 핏줄을 지녔다는 말을 들었다.

모두가 그를 떠받드는 건 자신이 제대로 알지도 못하는 선조의 이름 때문이었다.

천하마룡.

예전 무림을 두렵게 했다는 마종의 이름이었다. 그러나 소년은 그도 결국 서장으로 도망칠 수 없었다는 사실에 내심 환멸할 수밖에 없었다.

그러나 어느 날 이곳에 나타나 문지기들을 단칼에 죽여 버리고 들어온 자를 만난 순간.

열망(熱望)이 생겼다.

강해지고자 하는 마음.

그 누구보다도 저 힘에 다가가고픈 마음.

"마음에 드는군."

그는 천천히 자신의 칼을 까닥대며 소년에게로 다가오기 시작했다.

"흡성영골을 얻기 위해 온 것이었다만… 생각 외의 수확이 있었어."

그의 손에 들린 것은 이곳의 원로들이 목숨을 바쳐서까지 지키려던 물건이었다. 흡성영골이란 천하마룡의 독문무공, 사람의 몸에서 내공만을 흡수해 내는 천하의 절공이라고 했다.

핏물이 점점이 땅을 적신다.

그러나 소년은 홀린 듯 그것을 바라보고 있었다.

"힘을 원한다면……."

칼날이 스친다.

소년은 자신의 뺨을 긋고 지나가는 칼날에도 아무 반응을 하지 않은 채 서 있을 뿐이었다.

"수단과 방법을 가리지 마라."

그것이었다.

소년이 살아갈 이유가 생긴 날.

그리고 무언가에 매혹된다는 것이 얼마나 큰 축복인지를 알게 된 날이었다.

*　　　　*　　　　*

"아아아악!"

"살려줘!"

비명이 들린다.

단리우는 걸음을 걸으며 나직이 미소를 지었다.

백면의 무인들이 공격하는 것에 대부분의 무인들은 어떻게 대처하지 못한 채 베어져 나가고 있었다.

당연하다. 이런 회합에 들어올 때라면 최소한의 병장기만을 허용한다. 그렇기에 다들 자신의 무공을 완벽하게 펼쳐 보이기 어려운 상황이었던 것이다.

"신비공자……!"

고함이 들렸다.

천회맹의 무리들이 모여 있는 곳. 쓰러진 무인들이 보였다.

그 사이에서 칼을 들어 올린 상관휘는 이를 부드득 갈며 그를 노려보고 있었다.

"이게 무슨 짓이지! 네놈……! 무림을 적으로 돌릴 셈인가!"

"누가 적이란 건가. 상관 소협?"

단리우는 손을 펼쳤다.

그리고 그 순간.

상관휘는 무엇인가 이상함을 느꼈다. 천회맹의 무인들이 베여 나가기는 했지만 상황이 이상하다. 분명 다른 무인들까지 공격을 받고 있었다고 여겼건만, 어느새 백면의 숫자가 더욱 늘어났기 때문이다.

"오래도록 무림은 힘의 논리에 지배당해 있었지."

무인 두 명이 조심스럽게 품에서 가면을 꺼내 얼굴에 덮어쓴다.

상관휘의 눈이 부릅떠졌다.

"설마… 이놈들!"

"이끌어줄 자가 필요한 시대일세."

상관휘는 으득 이를 악물며 내공을 끌어 올리기 시작했다. 서서히 자신들의 주변을 둘러싸 오는 수많은 무인의 모습에 긴장할 수밖에 없었다.

"건방진 놈!"

상관휘의 몸이 뛰쳐나간다. 두 명의 가면을 쓴 무인이 앞을 가로막았지만, 동시에 상관휘의 검이 비호처럼 날아들어 그들의 팔과 머리를 비스듬히 베어내었다.

촤아아악!

칼날이 스치는 소리가 요란하다.

그것을 보며 단리우는 여전히 아무렇지도 않은 표정으로 서 있었다.

"과연."

부채를 휘두른다.

까강!

부채와 칼이 부딪치는 소리라고 믿기에는 너무나도 어려운 소음이 울려 퍼졌다.

내공이 가득 실린 부채는 마치 철로 된 것처럼 유연하게 상관휘의 칼날을 받아낸 것이다.

"조잡한 검기(劍技)로군."

"감히!"

상관휘의 눈에서 불이 뿜어지더니만, 이내 칠검이 번개처럼 허공을 수놓았다.

상관세가의 검법인 천룡무(天龍舞)!

그것을 본 단리우의 온몸에 은은한 비취색 기운이 흘렀다.

카라라라랑!

막아낸다.

그는 자신의 왼팔로 상관휘의 칼을 걷어내 버렸다.

"금강야차공은… 제법 좋은 무공이지."

서장무림의 비전인 금강야차공을 펼치며 단리우는 비죽 웃음 지었다.

푸욱!

"상관 대협!"

뒤에서 그 상황을 바라보던 무인들이 비명을 질렀다.

단리우는 손가락을 튕긴 것으로 상관휘의 가슴을 꿰뚫어 버린 것이다.

"크, 으억……!"

"많이 모자라는군, 상관휘."

칼이 떨어진다.

가공할 고통에 상관휘가 괴로워하며 비틀대자 단리우는 가볍게 손을 치켜 올렸다.

확실히 죽이기 위해서다.

"그게 자네의 결론인가."

그 순간 낮은 목소리가 들렸다.

단리우가 서서히 고개를 돌리자, 그곳에는 무승들에 둘러싸인 훈도 방장이 천천히 걸음을 옮기고 있는 모습이 비쳤다.

가면을 쓴 무인들 수십이 그 주변에 쓰러져 있다. 소림사의 무승들을 이겨내지 못한 탓이다.

"가만히 계실 줄 알았는데, 의외로군요."

"자네에게 다음 세대를 맡길 수 있겠다고 생각했네만……."

은은한 노기가 끓어오르는 목소리다.

"시대란 누군가에게 넘겨주는 것이 아닙니다, 방장."

단리우는 여전히 싱글거리며 웃었다.

"방장처럼 긍지조차 저버린 자라면 그럴 자격조차 없지요."

"그럴지도 모른다."

훈도 방장은 서서히 자신의 몸에 내공을 흘려보내기 시작했다.

동시에 무승들이 봉을 겨누며 기합을 내지른다.

쩌렁쩌렁한 고함. 그들은 싸울 준비를 하며 매섭게 단리우를 노려보았다.

"하지만 너를 여기서 살려 보낼 생각은 없다."

"그렇군요."

단리우는 고개를 까닥였다.

"저도 그렇습니다."

그와 동시에 앞으로 나서는 두 명의 무인이 있었다.

붉은 가면을 쓴 자는 흠 소리를 내며 도를 겨누었다.

"소림의 땡중들이라. 제법 재밌겠군!"

"홍귀라는 자인가."

단리우의 심복으로 강한 무공을 소유하고 있는 홍귀에 대한 소문은 이미 퍼져 있던 터였다. 그러자 곧 건장한 체구를 가진 무승 하나가 앞으로 나섰다.

"그래봤자 소림을 이기지는 못한다."

태산북두(泰山北斗)라 불려왔던 소림이다. 그들은 그만한 자신감이 서린 무공을 가지고 있던 터였다.

"그럼……."

홍귀의 발이 땅을 디뎠다.

동시에 가면을 쓴 자들이 빗살처럼 달려가기 시작했다.

"보여봐라!"

무승은 봉을 꾹 쥐며 벼락같은 고함을 내질렀다.

"모두 무기를 들어라!"

내공이 서린 외침에 소림의 무승들은 동시에 무기를 치켜들었고, 단숨에 백면의 무인들과 부딪치며 피보라를 튀기기 시작했다.

그 어지러운 광경 속에서도 단리우만은 가만히 선 채로, 웃으며 훈도 방장을 바라보고 있었다.

"어리석구나."

훈도 방장의 소매가 불룩 부푼다. 그의 집약된 내공이 밖으로 터져 나오려는 것이다.

"아닙니다, 방장."

단리우는 여전히 여유로웠다.

금방이라도 소림의 금강여래장(金剛如來掌)이 펼쳐질 것만 같았음에도 말이다.

"나는 이때가 오기를 기다리고 있었죠."

콰아아아아앙!

폭음이 울렸다.

훈도 방장의 눈이 뒤로 돌아간다.

거대한 내공의 파동. 그것은 동시에 허공으로 퍼져 나가며 모두에게 찌릿거리는 충격을 남겼다.

누군가 학살을 자행하고 있다.

뒤쪽에 있던 무인들이 비명과 함께 거꾸러지고 있었다.

"누, 누가 저런 짓을!"

말 그대로 혈운(血雲)이었다.

훈도 방장의 눈가가 살짝 일그러진다.

다른 무승들은 알지 못했지만 그는 이 내공의 잔재가 어디서 흘러나온 것인지를 알 수 있었던 것이다.

"그런가."

"서두르셔야겠습니다."

단리우의 느긋한 목소리가 울린 순간 훈도 방장은 전력을 다해 손을 옆으로 튕겼다.

"모든 자들은 엎드려라!"

고함을 지름과 동시에 훈도 방장의 손에서 어마어마한 내공이 해일처럼 쏟아져 나갔다. 모아뒀던 금강여래장을 일시에 발출해 버린 것이다.

콰아아아아아!

동시에 무인들은 비명을 지르며 엎드렸다. 등줄기가 뜨거울 정도의 내공이 단숨에 쏟아지며 뒤쪽에서 사람들을 베어나가던 자에게 직격했다.

눈이 시릴 정도의 폭발이다. 동시에 몇 명은 귀에서 핏물을 흘리며 비명을 질렀고, 미처 피하지 못한 자들은 몸이 증발하며 사라지고 있었다.

훈도 방장의 입가가 희미하게 떨렸다.

"그럴 리가 없다."

지반마저 녹아버린 일격이다.

공격해 왔던 자는 녹색 가면을 서서히 벗으며 눈을 들어 올리고 있었다.

"어떻게 살아 있는 거지?"

훈도 방장은 믿을 수 없다는 듯 그렇게 중얼거렸다.

만검천주 성중결은 금강여래장을 파훼한 뒤 천천히 걸음을 옮기고 있었다.

허공에는 여덟 개의 검이 떠 있다.

그것들은 마치 살아 있는 양 방패가 되어 훈도 방장의 공격을 막아내었던 것이다.

"목표를 이루기 전까지."

성중결은 음산하게 그리 중얼거렸다.

그의 눈이 동시에 번쩍이며 일렁이고 있었다.

"우리는 멸(滅)하지 않는다."

그리고.

콰아아앙!

무승 둘이 나자빠진다. 허리가 뒤로 접힌 채 즉사한 모습이었다.

"카하하하하!"

괴소(怪笑).

훈도 방장은 으득 이를 악물었다.

철은천주 아회광까지 등장하자 분위기는 순식간에 백면의 쪽으로 기울기 시작했다.

도망치는 이들이 보인다.

아회광은 신경 쓸 거 없다는 듯 눈을 돌린 뒤, 이내 잔혹하게 웃었다.

"드디어 쳐 죽일 놈들을 만나게 되었군!"

"마교의 주구들이… 살아 있었나."

무승들이 서로 밀집한다. 훈도 방장을 지키듯 감싼 그들은 긴장한 표정으로 무기를 들어 올리고 있었다.

"자아."

단리우는 즐겁다는 듯 손을 들어 올렸다.

그러고는 빙긋 웃음을 흘렸다.

"질서가 새로이 쓰일 때가 왔습니다."

*　　　　*　　　　*

　"으아아악!"

　"크, 으으윽!"

　비명과 함께 피가 물결쳤다.

　사람들이 풀썩풀썩 쓰러지는 것에 다들 두려운 표정을 지으며 도망치고 있는 상황이었다.

　그것에 중년인은 인상을 찌푸렸다.

　"대, 대체 뭐냐. 이게!"

　자신을 호위하던 무인이 반으로 쪼개져 죽는다. 놀랍게도 그를 죽인 것은 푸른 가면을 쓴 여인이었다.

　"오랜만이군요."

　그녀는 서서히 가면을 벗으며 매혹적인 눈웃음을 지었다.

　"좌우장로."

　이전 무림맹과 내통해 시천월교를 배신했던 자들이다.

　좌장로 원이명은 눈을 부릅떴다.

　"냉, 냉옥천주가 아닌가."

　그녀가 설마 살아 있을 줄은 몰랐기 때문에 원이명은 다급히 혀를 차며 뒤로 물러서려 했다.

　그러나 발에는 죽은 이들의 몸이 밟힌다.

　"워, 원 장로……."

　두려움에 덜덜 떨고 있는 자의 목소리가 들렸다.

그녀는 양팔이 잘린 우장로 이백중을 보며 빙긋 미소를 지었다.

"이제까지 이곳에서 꽤나 즐거우셨던 모양이더군요."

"오, 오해일세!"

"무슨."

냉옥천주 미리하의 입가가 가볍게 말려 올라갔다. 이제까지 오로지 오늘만을 위해 암약해 왔던 터였다.

"나, 나는 그저 살아남기 위해……."

"그런 말 마시지요."

푸확!

이백중의 입이 위로 치켜 올라갔다. 가슴팍을 베인 순간, 그는 뭉클 피를 쏟아내며 거꾸러지고 있었다. 마침내 꿈틀대다 숨을 멈추는 그에게서 시선을 거두며 미리하는 여전히 색기 어린 미소로 웃었다.

"이제 죽을 텐데."

"으, 윽!"

원이명은 으득 이를 악물었다. 아무리 오래도록 무공을 사용하지 않았더라도 그는 시천월교의 장로까지 오른 자였다. 동시에 그의 양손에서 내공이 집중되기 시작했다.

"당신도 지금 당장 죽여 버리고 싶지만……."

그녀의 눈은 원이명의 어깨 너머로 가 있었다.

"이번엔 교주님의 차례이시군요."

"교주……?"

목소리가 들린 순간, 싸늘한 살기가 어깨를 관통했다.

"크아아악!"

원이명은 자신의 내공이 산산조각으로 부서지는 것을 느꼈
다.

방어했다고 생각했건만 몸을 돌리려는 순간 왼팔이 찢어져
허공을 날았다.

땅에 엎어져 데굴데굴 구른 그는 흙투성이가 된 채로 눈을
들었다.

그곳에는 검을 든 젊은 청년이 서 있었다.

원이명의 눈이 찢어질 듯 커진다.

"소, 소교주……."

혁월련은 조용히 자리에 서 있었다.

"그러고 보니 보고 싶어 했었지."

뒤쪽에서 무인들이 몰려든다.

원이명은 무림맹의 중요한 인물로 한참 동안 우대받았던 자
다. 당연히 이번에도 많은 호위를 붙여 이곳에 방문했었던 차
였다.

무인 열 명이 동시에 허공을 날아 혁월련의 등을 향해 칼
을 내리찍었다.

그러나 그 순간 열 명의 몸이 조각조각으로 나뉘었다.

칼날이 그물처럼 번쩍인 순간 열 명이 베어져 나가며 땅으

로 철퍽 소리를 내며 떨어졌다.

원이명의 동공이 주체할 수 없이 뒤흔들렸다.

"시, 시, 시천무검……!"

"이제 알겠어?"

혁월련은 웃었다.

원이명은 팔이 잘려 나간 고통에 부르르 떨면서도 필사적으로 땅을 기기 시작했다.

그는 이윽고 혁월련의 앞에서 머리를 박으며 두려움에 질린 목소리를 토해내기 시작했다.

"사, 살려주십시오… 교주……!"

"살려줄까?"

살짝 구부려 앉은 혁월련은 칼을 옆으로 치우며 씩 웃었다.

"그럼 내가 뭘 얻지?"

"무, 무림의 정보를… 시천월교에……."

"필요 없어."

칼날이 들이대진다.

이전 그가 혁월련이 베어지는 것을 보며 차갑게 뱉었던 말이기도 했다.

원이명의 절망적인 표정을 바라보며, 혁월련은 여전히 웃는 채로 중얼거렸다.

"가치도 없는 쓰레기."

파삭!

원이명이 무엇을 말하기도 전에 그는 단칼에 원이명을 죽인 뒤 일어섰다.

"아, 별로 확 후련하지는 않네요."

"저쪽에서도 싸움이 일어나고 있습니다."

미리하는 시천무검의 가공할 힘을 본 뒤 공손하게 고개를 숙였다.

"그럼 가볼까."

그는 천천히 몸을 움직였다. 벌써 수십에 이르는 무인이 혁월련의 앞에서 죽어 넘어진 뒤였다.

그의 어깨를 타고 서서히 문양이 꿈틀댄다.

천하마룡의 무공인 흡성영골.

시천마가 생존자들을 모조리 죽여 없애며 얻은 그 무공을 사용한 혁월련은 원이명의 몸에서 내공을 빨아들이며 잔혹하게 중얼거렸다.

"먹어치울 놈들이 많았으면 좋겠군."

*　　　　*　　　　*

"거, 검주(劍主)!"

서효는 자신을 부르는 부하의 외침에 고개를 돌렸다. 지금 사방에서 밀려드는 가면을 쓴 무인들 때문에 제대로 된 의사소통이 불가능할 지경이었다.

"이대로라면 위험합니다! 어서 빠져나가야……!"

"어디로 피한다는 말이냐."

서효의 손이 희끗거리며 움직였다. 그러자 부하의 옆에서 불쑥 튀어나와 검을 찌르려던 자의 머리가 반으로 잘려 나가며 땅으로 쓰러졌다.

순식간에 하나를 참살한 서효는, 이내 쨍 하는 소리와 함께 칼을 다시 칼집에 집어넣으며 인상을 찡그렸다.

"백면의 의도가 무엇인지 안 이상… 무의미한 일이다."

빠져나가려면 무림의 중핵들을 모조리 데리고 나가야만 한다. 그러나 지금 서효는 어느 정도 세력들이 움직이는 것을 보며 사태를 파악할 수 있었다.

'천회맹의 반수는 이미 배신했었군.'

곡원삭의 움직임이 없다.

그들은 백면에게 공격받고 있지 않은 것이다. 이미 모종의 거래가 있었던 것이겠지.

파사앗!

바람이 흩날리며 또 하나가 거꾸러졌다. 서효는 뽑아낸 검을 허공에 휘둘러 피를 떨친 뒤, 옆쪽에 서 있는 제갈위의 곁으로 향했다.

"당신이 이야기한 대로 흘러가고 있소."

"바라지는 않았소만……."

제갈위는 입술을 꽉 깨물었다.

상관휘가 무력하게 베어져 나가는 것을 보았다. 단리우의 무공 자체도 이미 상당한 수준인 데다, 서슴없이 백류영을 베어버리는 것을 보아하니 이미 그는 마음을 굳힌 듯했다.

더군다나.

콰아아앙!

폭음과 함께 등장하는 고수들의 모습. 그리고 가면을 벗은 한 명의 웃음소리에 제갈위는 아연한 표정이 될 수밖에 없었다.

"그런가!"

"저건… 마교의!"

서효의 옆에 있던 천협검파의 문원들도 당황해 고함쳤다. 자신들이 싸움에 가담했을 때 보았던 철은천주 아회광의 모습이 그곳에 있었던 것이다.

제갈위는 그 순간 사태를 이해할 수 있었다.

"백면은 시천월교와 손을 잡았던 것이었어……!"

"피해라!"

굉음이 들린다. 멀리서 훈도 방장이 내공을 떨쳐내는 모습이 보였던 것이다. 아까 전 보였던 금강여래장 정도의 내공이 사방으로 분출되고 있었다.

"우리는 끼어들 수조차 없겠군……."

"어떻게 하겠소?"

서효는 뒤로 물러서며 빠르게 검을 겨누었다. 백면의 무인들 역시 동료들이 순식간에 베어져 나간 것을 보고는 쉽사리 이쪽으로 덤벼들지 못하고 있는 상황이었다.

저쪽에 가담하고자 한다면 빠르게 돌파하는 게 우선이다. 하지만 제갈위가 중얼거린 것처럼, 자신들이 저 초인들의 싸움에 끼어들 수 있는가부터가 문제였다.

"물러서야 한다고, 머릿속에서는 말하고 있지만……."

그게 옳다.

논리적으로도, 상황을 아무리 연산(演算)해 보아도 그게 옳다.

하지만.

"그러지 않는 이들이 있소."

백면의 무인들이 물러설 정도로 격렬한 저항을 보이는 자들이 있다. 일부 문파들의 대표들. 그리고 그들의 반격에 의해 공세가 서서히 수그러들고 있었다.

"그렇다면."

채앵!

서효의 칼날이 다시금 은광을 내뿜었다.

백면의 무인 하나가 뒤로 날아가 나뒹굴자 서효는 검을 치켜들며 고함을 질렀다.

"검파의 문원들은 모두 자세를 갖춰라!"

그 고함에 천협검파의 무인들은 검을 앞으로 향했다.

동시에 반사광을 내뿜는 칼날들이 가시처럼 솟구치자, 즉시 서효는 앞으로 향하기 시작했다.

"싸울 준비를 하시오."

곧이어 한쪽의 무인들이 앞으로 나아가기 시작한다.

"구대문파의 무인들……!"

제갈위는 상관휘의 뒤쪽에서 나타나기 시작한 무인들이 백면을 뚫고 앞으로 전진해 나가는 것을 보았다.

"소림을 지켜라!"

괴성이 들린다. 훈도 방장이 공격당하는 것을 본 순간, 구대문파의 수장들이 앞으로 나서기 시작한 것이다.

제갈위는 빠르게 앞으로 걸음을 옮기던 중, 천회맹의 무인 몇 명이 부상당한 상관휘를 들쳐 업고 뒤로 도망치는 것을 보았다. 상관휘는 얼굴이 새파랗게 변한 채 입술만을 파르르 떨고 있는 모습이었다.

그것을 잠시 바라보던 제갈위는, 이내 이를 꽉 악물며 앞으로 향했다.

"가겠소."

"죽을 수도 있다만."

서효는 가볍게 그리 중얼거렸다.

"알고 있소. 다만……."

제갈위의 눈에 비장한 각오가 스쳤다.

"진정한 무인이라면 아마 이곳에서 물러나지 않을 테니!"

＊　　　　＊　　　　＊

"이, 이건 대체……!"

여월은 숨을 삼켰다. 그녀는 이러한 싸움을 이제까지 본 적이 없었다.

사람들의 비명과 피가 사방에 진동한다.

여월이 혼란에 빠져 물러서려는 순간, 뒤에서 조용한 목소리가 들렸다.

"비켜라."

동시에 땅바닥에 도격이 쏟아졌다.

콰콰콰쾅!

굉음과 함께 먼지가 몰아친다.

여월은 당황했지만, 이내 그것이 초량이 쏘아낸 공격이라는 것을 알고는 겨우 안도하는 표정을 지을 수 있었다.

"귀찮군."

초량은 백면의 무인들이 달려드는 것을 멈췄다는 사실을 느끼고 있었다.

"초, 초 대협!"

옆쪽에서 목소리가 들린다. 급히 달려온 천회맹의 무인이었다.

"뭐지?"

"대응하실 필요는 없습니다."

"뭐?"

초량의 눈가가 구겨지자 그는 다급히 상황을 설명했다.

"저들은… 아군입니다."

"그게 무슨……."

그 순간 굉음과 함께 시천월교의 무인들이 뛰쳐나오는 것을 보았다. 소림의 훈도 방장을 상대하기 위해 그를 포위한 것이다.

초량은 하, 하고 작은 한숨을 내뱉었다.

"그런가."

"이해해 주시리라 믿습니다. 지금은 그저 무림의 안위를 생각하시는 게……."

"곡원삭 놈, 그쪽에 붙었다는 거로군?"

초량은 바보가 아니다. 천회맹의 무인들 중 상관휘의 일파들을 제외한 자들은 백면에게 공격받고 있지 않았다. 곡원삭이 이끄는 전승자들은 보호를 약속받았다는 뜻이다.

"그, 그게 최선입니다!"

"너희가 사는 데에 있어 최선이라는 말이겠지."

초량은 꽉 칼자루를 붙잡았다.

그의 눈가가 꿈틀거리며 내공이 번개처럼 몸을 두르기 시작했다.

"꺼져라!"

고함과 동시에 천회맹의 무인은 뒤로 날아가 땅을 나뒹굴었다.

"대, 대협."

여월의 당황한 목소리에 초량은 고개를 돌리지 않은 채로 말을 이었다.

"뒤로 피해라."

그는 자신의 애도, 비영을 허공에 한 번 휘두르며 음산하게 중얼거렸다.

"마음에 들지 않는 짓이야."

시천월교는 적.

초량은 이제까지 시천월교의 힘에 의해 짓뭉개진 이들을 수 없이 보아왔다. 그런데 이제 와서 스스로의 안전을 위해 시천월교와 손을 잡는다?

그의 심기를 건드리기에는 충분한 이유였다.

"무당검수들을 도와라!"

"시천월교의 천주들이 나타났다!"

괴성이 들린다.

앞으로 나아간 무당파의 무인들이 공격을 받고 있는 것이다.

초량이 땅을 밟는 순간 그의 몸이 번개처럼 앞으로 쏘아져 나갔다. 그가 달리는 곳은 이미 앞으로 나서 싸우고 있는 자들이 있는 장소였다.

파칵!

백면의 무인 둘이 거꾸러진다. 초량은 그들을 베어내며 동시에 눈을 부릅떴다.

"다, 당신은……!"

그를 알아본 몇 명이 탄성을 토해낸다.

"어이."

초량이 이곳으로 온 이유.

그는 앞에서 검을 들고 있는 청아를 바라보았다. 누구와도 다른 흰 기운을 뿜어내고 있는 그녀는, 이전 보았던 소하의 모습과 닮아 있었다.

"굉령도……."

청아 역시 그를 알고 있었다. 소하와의 싸움은 이미 전 무림에 유명한 이야기였기 때문이다.

"도와라."

"처음 보는 것 같은데, 말이 짧군."

청아가 눈을 가늘게 뜨며 그리 말하자, 초량은 그러면 어쨌냐는 듯 고개를 돌려 백면을 바라볼 뿐이었다. 벌써 수십에 이르는 자가 피를 뿌리며 쓰러져 있는 상황이었다.

"네가 도와라."

청아는 차갑게 그리 쏘아붙이며 검을 휘둘렀다.

파바바밧!

흰 칼날들이 줄기를 이루며 달려드는 이에게로 쏘아 박힌다. 그렇게 청아는 맨 앞줄에서 나아가기 시작했다.

"다른 쪽은, 더 위험할 테니."

그걸 가만히 보던 초량은 이내 씩 웃음을 지었다.

"마음에 드는군!"

두 명의 전승자가 앞으로 돌격하자 곧 백면의 무인들이 돌 풍에 휘말린 것처럼 튕겨 날아가기 시작했다.

그러던 순간.

콰아아아아아!

굉음이 들린다.

방향을 꺾으며 사라지는 초량의 모습에 청아는 눈살을 찌 푸렸다.

'아무리 소림의 무공이라고 해도……'

훈도 방장은 오래도록 봉문해 밖으로 나서지 않았다. 무공 의 수련도 하지 않았고, 이전보다 훨씬 육체는 작아지고 내공 의 힘도 줄어들었다.

그런 그가 시천월교의 천주 두 명을 상대로 오래 버틸 수는 없을 것이다.

청아는 손에 쥔 백련에 힘을 주며 빠르게 검을 쏘아내었다.

'시간이 없어.'

그녀는 눈살을 찌푸리며 걸음을 바삐 놀리기 시작했다.

*　　　*　　　*

꽝음이 들린다.

파스스스……!

그리고 모든 섬광이 사라졌을 때 지반에서는 연기가 솟구치고 있었다.

"소림의 항마장(降魔掌)이 불세출(不世出)이라는 이야기를 들었지만."

성중결은 조용히 읊조렸다.

"이렇게까지 대단할 줄은 몰랐군."

그의 칼 중 세 개가 사라져 있었다. 여덟 개를 모두 부려 막아내려 했었지만, 도저히 버티기 힘들었던 탓이다.

아회광은 연기가 올라오는 팔을 내리며 실쭉 웃었다. 훈도 방장의 공격이 노도처럼 몰아치기는 했지만, 시천월교의 두 천주는 그것을 막아내었던 것이다.

훈도 방장은 무거운 숨을 토해냈다.

그의 양손에서는 아직도 뜨거운 기운이 올라오고 있었다. 이미 주변의 무승들 대부분은 성중결의 검에 베어져 쓰러진 뒤였다.

"다시 무림에 그 흉악함을 드러내려 하느냐."

"말을 똑바로 하는 게 좋겠군."

성중결은 공중에 뜬 칼 하나를 부여잡으며 차갑게 중얼거렸다.

"너희와 우리는 다르지 않다."

아회광 역시 자신의 무공을 전력으로 전개한다. 훈도 방장을 어서 쓰러뜨리지 않는다면, 쓸데없는 변수가 더욱 늘어날 것임을 인지한 탓이다.

"그저 누가 남느냐의 문제일 뿐이지."

"강자존."

훈도 방장은 씁쓸히 말을 뱉어냈다.

"그것이 무림이었지."

"여기까지다."

성중결은 자신들이 패하리란 생각을 아예 하지 않았다.

훈도 방장의 힘은 명백히 약해져 있다. 이전 전성기 시절의 그였다면 두 명도 죽음을 각오했어야 할지 모르지만, 지금의 훈도 방장이라면 두 명에게 제압당할 수밖에 없었기 때문이다.

"아니."

훈도 방장의 온몸에서 내공이 솟구쳐 올랐다.

"어떠한 방식이라도… 수단을 가리지 않고 마(魔)를 멸하려 했다."

피부가 우그러든다.

핏줄이 돋아나며 푸른 기운이 은은하게 일렁이기 시작했다.

스스로의 잠력까지 해쳐가며 기운을 끌어 올리고 있는 탓이다.

"그 모든 것은 무림을 위해서였거늘……!"

"어리석군."

성중결의 몸에서도 내공의 기운이 솟구친다. 그의 독문무공인 팔엽이 전력을 다해 펼쳐지려는 순간이었다.

"하찮은 의(義)를 갖다 붙여 보아도, 지금의 상황을 타개할 수는 없다."

훈도 방장의 팔이 기괴하게 부풀어 오른다. 육체가 파열되더라도, 눈앞의 두 명을 사라지게 만들려는 것이다.

"이건…….'

아회광의 입가에 미소가 감돈다.

허공의 대기가 일그러질 정도로 어마어마한 열기가 훈도 방장의 몸에서 솟구쳐 오르고 있었다. 무공이 절정에 달한 그들에게도 얼마 보지 못한 절경(絶景)이었다.

"여기서 너희들을 없애겠다."

훈도 방장의 입에서 음산한 목소리가 흘러나왔다.

"그런가?"

성중결은 가만히 그 광경을 바라만 보고 있을 뿐이다.

"그렇다면 우선……."

그 순간.

훈도 방장은 싸늘함을 느꼈다.

자신의 뒤, 어딘가에서 성중결과 아회광이 아닌, 누군가의 막대한 살기를 느낀 탓이다.

"지금의 공격을 막아내야겠군."

그 말을 끝으로 휘둘러지는 일격.

훈도 방장은 자신도 모르게 몸을 거세게 휘돌리며 쌍장을 앞으로 내뻗었다. 이제까지 모으고 또 모았던 금강여래장을 다시금 발출한 것이다.

하지만.

쏴카가가가각!

잘려 나간다.

눈앞의 기운이 일도양단 되며 순식간에 내공의 흐름이 파괴되어 나가고 있었다.

놀랍게도 그것을 베어낸 건 젊은 청년이었다.

하얀 피부에 새빨간 입술.

혁월런은 잔혹한 미소를 지으며 훈도 방장을 바라보고 있었다.

"드디어."

오른팔이 터져 나간다.

훈도 방장의 눈이 옆으로 돌아갔다.

일장을 발출해 내는 순간 반격당해 오른팔이 통째로 폭발해 버렸다. 핏물과 함께 육편이 번지는 것을 확인한 순간 그는 이를 악물며 왼팔을 앞으로 내뻗었다.

오른팔이 터져 나갔음에도 그는 포기하지 않았다. 그의 금강여래장은 어지간한 무림의 고수들은 근거리에서 맞받을 수 없는 힘을 지닌 공격이기 때문이었다.

은광이 번졌다.

파아아아악!

그 광경을 지켜보고 있던 모두가 자신의 눈을 믿을 수 없었다.

금강여래장이 갈라진다.

그리고 훈도 방장의 어깨에서부터 혈선이 솟구치기 시작했다.

누구도 궤적을 눈치채지 못한 쾌검이었다.

"열섬(裂閃)."

혁월련은 칼을 휘돌리며 히죽 웃음을 지었다.

"시천… 마……!"

훈도 방장의 눈이 부릅떠진다.

서서히 어깨가 갈라져 나가기 시작하며 이내 그의 몸에서 핏물이 쏟아져 내렸다.

"방장!"

"이럴 수가……!"

비명이 잇따른다.

훈도 방장의 몸이 쓰러져 내렸다.

이제까지 전 무림에서 가장 강하다 일컬어졌던 소림의 장문인이 허탈하게 패배하고 만 것이다.

"자……."

혁월련은 주변의 놀란 이들을 여유롭게 둘러보며 미소를 지었다.

그가 가장 바라고 또 바랐던 순간이 바로 지금 오고 있었기 때문이다.

"한동안 즐거웠었지?"

음산한 목소리가 모두의 귀를 타고 흐른다.

침을 삼키는 소리마저 크게 들릴 정도로 주변의 무인들은 아무 말도 하지 못한 채 침묵하고 있었다.

쩌르르릉!

내공의 기운이 휘몰아친다.

성중결과 아회광은 즉시 혁월련의 옆으로 향하며 무기를 들어 올리고 있었다.

"무릎을 꿇어라. 그리고……."

혁월련의 목소리는 잔인하게도 모두의 심령(心靈)을 옭아매고 있었다. 벌써부터 칼을 떨어뜨린 채 몸을 부들부들 떨고 있는 무인들도 있는 상황이었다.

모두가 시천월교의 공포를 알고 있었다.

소중하게 여기던 긍지가 모조리 짓밟혔었던 바로 그때. 잊으려 몸부림쳐도 도저히 잊히지 않았던 그 기억들이 스멀스멀 일어나고 있었다.

"새로운 천마를 맞이해라!"

고함에 몇 명이 부들거리며 무릎을 꿇는다.

훈도 방장이 베이는 것을 보았다.

그 하늘을 벨 듯 웅혼한 기운을 뿜는 무공이 바로 시천무검이라는 것은 듣지 않고도 알 수 있었다.

견딜 수 없다는 듯 신음까지 뱉어내는 자들도 있었다. 그들에게서 서서히 전의가 사라져 간다는 것은 누가 봐도 알 수 있는 일이었다.

"크, 으으윽······!"

소림의 무승들은 쓰러진 훈도 방장을 보며 분을 삼키고 있었다. 하지만 그가 이기지 못한 적이라면 자신들 역시 대적하지 못할 것이란 확신까지 생겨 버린 상황이었다.

혁월련은 그들의 모습에 광소를 터뜨렸다.

주변 수십의 무인이 모두 무릎을 꿇는다. 그들의 얼굴에 서린 당혹과 씻을 수 없는 분노는 더욱더 그를 만족시켜 주고 있었다.

"그래, 그래야지!"

고개를 숙인 채 굴종(屈從)하는 것.

그것이야말로 강자와 약자의 관계다.

"하지만."

성중결의 차가운 목소리가 혁월련의 광소를 막아섰다.

"아직 끝난 게 아닙니다, 교주."

"뭐라고요?"

"오고 있군요."

모래바람이 몰아친다.

쓰러진 이들이 고개를 돌렸다.

그곳에서는 백면의 무인들이 피를 뿌리며 쓰러지는 모습이 보였다.

엉망이 된 채로 검을 들어 올리고 있는 자들.

성중결은 저항하고 있는 무인들을 보며 싸늘하게 뇌까렸다.

"아직 꺾이지 않은 자들이 있습니다."

그들의 얼굴에는 역시 공포가 어려 있다. 하지만 무언가가 달랐다.

앞줄에 서 있는 무인들이 칼을 들어 올린다.

그것과 동시에 혁월련의 뒤쪽으로도 백면의 무인들이 도착하고 있었다.

"가시지요."

단리우는 조용히 앞을 바라보며 중얼거렸다. 성중결과 아회광이 그를 흘끗 쳐다보았지만, 이내 시선은 다시 앞으로 향할 뿐이었다.

"지금이야말로… 천마가 부활할 때입니다."

"그래."

동시에 백면의 무인들이 앞으로 쏟아져 나가기 시작했다.

"막는다면… 모조리 죽여 버리고 지나가면 되는 일이지!"

혁월련은 칼을 움켜쥐었다.

＊   ＊   ＊

"물러서지 마라!"

"우리가 무너지면 무림은 다시 이전으로 돌아간다!"

시천월교의 무인들이 출현했다는 것을 알게 된 순간, 많은 이가 혼란에 빠졌다. 다시 또 그 공포에 사로잡힐까 두려워하기도 했고, 다시는 그런 일을 겪기 싫었기에 필사적으로 도망치기도 했다.

청아는 칼자루를 꾹 움켜쥐며 달려드는 자의 칼을 받아 넘겼다.

채앵!

흰 빛줄기가 동시에 그의 어깨를 뚫어 날려 버린다. 그녀는 옆쪽에 있는 무당검수들 역시 백면과 싸움을 시작하는 것을 보며 크게 숨을 삼켰다.

'싸워야 해.'

은광이 빗발친다.

"크아아악!"

백면의 무인들은 서장에서 온 일부를 제외하고는 대부분 현 무림의 무인들로 이루어져 있다.

백면의 사상에 감화되었거나 백영세가를 따르기로 마음먹은 자들. 청아는 앞에 선 자가 핏물을 뿌리며 쓰러지는 것을 보며 입술을 꽉 깨물었다.

'결국 이들도.'

그녀와 다를 바가 없는 사람들이다.

그저 어느 쪽을 택했느냐에 따라 이렇게 싸워야만 하는 것인가?

그러나 그녀의 의문은 옆에서 달려드는 거한 때문에 오래 지속되지 못했다.

파바바박!

땅을 바쁘게 밟는 오른발.

그녀는 제운종의 보법으로 마치 연기처럼 공격을 피해내며 동시에 칼을 위로 쏘아내었다.

백연검로의 주연로가 펼쳐지며 가면을 쓴 자의 목에 둥그런 구멍이 뚫렸다.

"거, 그으……!"

칼마저 놓은 채 상처를 부여잡는 모습. 곧 죽을 것이란 사실을 알았기에 가면이 떨어진 그의 눈에 눈물이 그렁그렁 어리고 있었다.

칼이 휘둘러지는 소리가 들리자 청아의 눈이 단박에 옆으로 돌아간다. 그곳에는 두려워 물러서고 있는 젊은 무인이 있었다.

덜덜 떤다.

뒤쪽에서 밀려 청아의 앞에 도달하긴 했지만 이미 수많은 이가 쓰러지는 것을 보자 그의 전의는 사라져 버린 상태였다.

청아의 눈가가 일그러졌다.

"꺼져."

두려움에 젖었던 그의 눈이 일순간 흔들린다. 그러고는 청아의 말이 끝나는 것과 동시에 몸을 돌려 뒤로 향하려 했다.

"어이쿠."

목소리.

그리고 동시에 도망치려 했던 젊은 무인은 정수리부터 쪼개지며 핏물을 쏟아냈다.

촤아아악!

소리가 뒤늦게 찾아온다. 청아는 무상기에 얽혀드는 기운에 인상을 쓰며 자세를 갖췄다.

붉은 가면을 쓴 홍귀는, 이내 고개를 살짝 기울이며 도를 어깨에 걸쳤다.

"싸움에서 도망치면 안 되지."

잔혹한 웃음이 배어들어 있다.

그녀는 칼을 당겨 어깨 근처로 올린 뒤, 강하게 내공을 발출했다.

"동료조차 베는 건가."

"동료?"

홍귀는 어깨를 떨며 웃었다. 옆쪽에는 계속해서 싸움이 일어나고 있지만, 그와 청아가 있는 공간만은 평안하다는 듯한 분위기가 흐르고 있었다.

"쓰고 버리는 물건에 그런 가치를 두나?"

청아는 조용히 손아귀에 힘을 주었다.

"어리석군."

홍귀의 가면 안에서 안광이 몰아쳤다. 그의 온몸에서 뿜어져 나오는 기운은 분명 이전 보았던 선무린에게도 크게 뒤지지 않을 정도였다.

"그런 유약한 마음을 먹으니……."

홍귀의 도가 하늘로 솟구쳐 올랐다.

"자멸(自滅)하는 거다!"

'온다.'

청아는 그 순간 격하게 발을 굴렀다.

콰아아앙!

모래먼지가 쏟아지고 흙이 솟구치더니 사방으로 갈라진다.

홍귀는 자신의 일격을 피해냈다는 사실을 눈치채자마자 격한 쾌도를 사방으로 내그었다.

먼지가 잘라지며 신선한 공기가 밀려들어 온다. 그러나 그 사이에서도 청아는 공격들을 모조리 피해낸 채 눈을 번득이고 있었다.

"천하오절 중 백로검의 무공… 겨뤄보고 싶었다!"

그녀는 침을 삼켰다.

'고수다.'

분명 강한 자다.

이전 언뜻 보기는 했었지만, 직접 마주치니 그 힘을 더더욱 실감할 수 있었다. 뒤쪽에서 무당파 제자들의 목소리가 들리지만 그들이 끼어들어서 될 일이 아니었다.

'물러나는 게 옳겠지만.'

그럴 수는 없다.

그녀는 이전 자신의 앞에서 굳건히 버티던 소하의 잔영(殘影)을 떠올렸다.

흰 기운이 피어오른다.

무상기를 전력으로 펼쳐낸 청아는 백련을 겨누며 자세를 잡았다.

"원한다면 보여주지."

그녀의 온몸에서 솟아오른 기운은, 이내 주변 일대를 장악하며 찬란한 빛을 내기 시작했다.

"좋다!"

홍귀는 웃는다. 그리고 그는 즉시 땅을 밟으며 청아에게로 돌격하기 시작했다.

*   *   *

쿠우우웅!

굉음이 울렸다.

제갈위는 크윽 소리를 내며 인상을 찌푸렸다.

'백면의 기세가 너무 강하다!'

방금 훈도 방장이 베이는 것을 보았다. 그리고 마치 역병처럼 모두에게로 전염된 공포. 그것은 제갈위도 알고 있는 자의 재림(再臨)을 뜻하는 것이었다.

시천마의 무공이 이어지고 있었다!

그것만으로도 숱한 무인들이 검을 놓으며 좌절했다. 마지막까지 포기하지 않은 이들이 덤벼들고 있다고는 해도, 지금 이 상황을 타개하기란 버겁기 그지없었다.

"앞으로 나서라!"

제갈위를 보호하며 칼을 휘두르던 서효는, 이내 으득 이를 악물 수밖에 없었다. 적들의 기세가 거칠다. 더군다나 백면의 무인들은 마치 공포를 모른다는 양 이쪽으로 달려들며 칼을 휘두르는 형편이었다.

'마치 이전의 시천월교와 같군!'

자신들의 뒤에 천마가 있다며 당당히 칼을 휘두르던 그들의 모습이 다시 눈앞에 드러나는 듯했다.

"이런!"

그리고 서효가 두 명을 베어낸 순간, 그는 제갈위의 옆으로 일곱의 무인이 달려들고 있다는 사실을 눈치챘다. 서효가 다급히 돌아보지만 제갈위는 옆쪽의 무인들을 떼어내느라 정신이 없는 판국이다.

"신룡!"

누군가의 부름에 제갈위가 뒤늦게 정신을 차린 순간, 그의
눈앞으로는 사람 하나가 날아들고 있었다.

콰아아아악!

거대한 도격이 순식간에 허공을 양단하며 달려드는 이들을
찢어 발겼다.

"괘, 팽 대협!"

하북팽가의 가주인 팽역령은 땅에 내려앉으며 후욱 하고
숨을 토해냈다.

"멍하니 있으면 죽을 거야."

그 역시 급하게 달려오느라 전신에는 상처가 그득한 판국
이었다.

"어중이떠중이들을 모아놨다고 해도… 이 정도였던가."

팽역령의 입가에 희미한 미소가 흘렀다.

"과연 무림은 넓군."

현재 백면에 속한 자들은 천회맹에서 도태된 문파의 무인들
이 많았다.

천회맹은 무공의 고하(高下)보다는 그들의 세력을 보고 가
치를 판단하는 경우가 상당했기 때문이다.

"지금 팽가에서도 무리가 나뉘었지."

"설마……!"

"그쪽에서도 야망을 가진 놈들이 제법 있었더군."

팽역령은 그렇게 웃으며 자신의 대도를 허공에 휘둘렀다.

"아마 다들 그렇겠지. 서로서로 공격해서 죽이게 하는 게 목적이었던가… 신비공자 놈."

그의 눈가에는 강렬한 분노가 들끓고 있었다. 지금 살육이 일어나고 있는 것은, 사실상 백영세가의 무인들이 아니라 백면에 꼬임을 당한 무인들이 대부분이었기 때문이다.

"일단은 이러고 있을 때가 아니야. 무리를 정리해서 제대로……."

투콰아아앙!

모두의 눈이 앞으로 돌아갔다.

그곳에 보인 것은 사람의 몸뚱이가 허공을 날고 있는 모습이었다.

과장이 아니라, 정말로 튕겨 나간 사람들이 팔을 퍼덕이며 수 장 위를 떠오르더니만 추락하고 있었다.

"뭐… 야……."

팽역령이 무어라 말을 하려는 순간, 그는 자신의 가슴으로 쏘아 박히는 충격을 느껴야만 했다.

"팽 대협!"

팽역령이 뒤로 튕겨 나가 땅을 나뒹구는 것에 서효는 다급히 칼을 들어 올렸다. 그의 눈가에 미미한 진동이 일고 있었다.

"이건… 큰일이군."

팔을 휘두르고 있는 자가 보인다.

공타(空打)로 팽역령을 날려 버린 것뿐만 아니라 그가 서 있는 공간의 모든 무인들이 핏덩이가 되어 쓰러져 있었다.

"철은천주……."

"아, 좋군."

철은천주 아회광은 즐겁다는 듯 자신의 손을 까닥였다.

"이제야 좀 죽이는 맛이 나!"

그는 그리 웃으며 눈을 들어 올렸다. 회색 기운이 아회광의 온몸에 엉기며 음산함을 내뿜고 있었다.

"당신은 물러서시오."

서효는 침을 삼켰다. 보기만 해도 팔이 덜덜 떨릴 정도의 힘이다. 패배가 이미 머릿속에 새겨지고 있었지만, 그는 여기서 물러나는 것이 패배보다 더 치욕스러울 것이라는 사실을 느끼고 있었다.

"만약 이후 도망치게 된다면… 당신의 생존이 가장 중요하게 될 것이오."

"하, 하지만……."

"구원(救援)을 바라기는 힘드니, 버텨볼 수밖에."

서효는 후욱 하고 숨을 내뱉었다.

아회광은 주먹을 치켜들었다.

"오지 않는다면 이쪽에서 가겠다!"

지금 탐색을 할 시간은 없다. 서효는 그를 마주하자마자 전력을 다한 절초를 가하기로 마음먹고서는, 이내 칼자루를 꽉 움켜쥐었다.

그 순간.

허공에서 번개가 솟구쳤다.

콰라라라라라!

아회광은 자신의 옆으로 치밀어 오는 도격에 팔을 들어 그 것을 막았다.

폭음. 동시에 섬광이 번쩍이며 사방으로 치솟고 있었다.

"으으음……!"

아회광의 눈가에 주름이 어리며 그것을 튕겨내자, 이내 번 개에 휘감긴 이가 땅으로 착지하는 모습이 비쳤다.

"괴, 굉령도!"

그를 알아본 제갈위가 당황해 소리쳤다.

초량은 천천히 비영을 들어 올리며 인상을 찡그리고 있었 다.

전력을 다한 기습이었음에도 아회광은 살갗을 조금 그을렸 을 뿐 다른 충격을 받지 않았다. 그는 후우 하고 숨을 내뱉으 며 칼을 옆으로 내렸다.

서효는 어이없다는 듯 헛웃음을 흘렸다.

"굉령도와 함께 싸울 줄은 몰랐군."

아회광이 다가오기 시작한다.

"재미있는 날파리가 하나 더 늘었군……!"

팔을 벌리며 광소하는 모습.

초량은 비영의 칼자루를 세게 쥐며 자세를 낮췄다.

"준비해라."

폭풍이 일었다.

제갈위는 눈앞에서 일어나는 현상에 덜덜 떨며 중얼거릴 수밖에 없었다.

"저게 철신삭풍(鐵身朔風)……!"

철은천주 아회광의 독문무공이자 이제까지 수많은 무림의 고수를 한 줌 핏덩이로 만든 절세의 무공이기도 했다.

양팔에 둘러진 내공은 마치 조그마한 회오리가 된 것처럼 그의 팔을 타고 흐른다. 닿는 순간 모든 것을 갈가리 분쇄해 버릴 것만 같은 모습이었다.

아회광은 히죽 미소를 지으며 고함쳤다.

"자아, 덤벼라!"

서효는 칼을 부여잡으며 인상을 찡그렸다. 이제는 어쩔 수 없다. 그와 맞붙어 어떻게든 쓰러뜨리지 않는다면, 전멸밖에는 남지 않았던 것이다.

'하지만 이자를 쓰러뜨린다고 해도…….'

뒤에는 시천무검이 있다.

더군다나 천주 중 가장 강하다는 만검천주 성중결도 아직 자리해 있는 터였다. 거기에 아직 모습을 드러내지 않은 오대천주 중 냉옥천주까지 다시 나타난다면?

서효는 불안한 생각들이 차곡차곡 머릿속에서 쌓여 어지러
워질 지경이었다.

"딴생각하지 마라."

초량의 목소리가 귀에 틀어박힌다.

서효는 헛, 하고 정신을 차리더니만 이내 그를 슬쩍 곁눈질
했다.

초량은 비영을 겨눈 채로, 온몸의 황망심법을 조금씩 증가
시키고 있는 참이었다.

뒤쪽에서 천회맹의 일부 무인들이 나타났다. 그것에 초량의
뒤쪽을 지키던 여월은 얼굴이 새파랗게 질릴 수밖에 없었다.

아까까지만 해도 동료라고 생각했던 이들이, 어느새 백면에
동조해 그들을 공격하려 하는 것이다.

"무슨……."

그 말이 미처 끝나기도 전에 초량은 잘라내듯 말을 끊었다.

"싸우는 건 우리만이 아니니까."

서효의 표정이 조금 가라앉는다.

"꿩령도가 예절이 많이 모자라다는 말은 들었소만… 확실
히 그렇군."

그러나 조금 더 개운해진 얼굴이다. 서효는 검을 겨누며 의
지에 찬 외침을 내질렀다.

"합세(合勢)하겠다!"

초량은 후욱 하고 숨을 들이켰다.

"이제 다 떠들었다면……!"

콰아아앙!

땅을 박차는 순간 토사가 치솟아 오른다.

그것을 본 초량은 전력을 다해 앞으로 칼을 휘둘렀다.

째애애애앵!

귀를 울리는 소음. 아회광은 자신의 주먹으로 초량의 도를 받아치며 히죽 웃음을 짓고 있었다.

"이제 죽여주마!"

"이쪽에서… 할 말이다!"

초량은 고함을 마주 내지르며 비영을 휘둘렀다. 그와 동시에, 백면의 무인들 역시 달려들어 공격하기 시작했다.

'시간은 벌 수 있다.'

초량은 정신없이 비영을 휘두르며 그리 생각했다.

'그러니 어서 오는 게 좋을 거다.'

그는 조용히 입술을 짓깨물며 그리 생각했다.

*   *   *

"놀랍군."

홍귀는 솔직히 감탄했다.

주변에 널브러져 있는 수십의 시체들.

모두가 홍귀의 공격에 휘말려 죽어버린 이들이다. 그는 무당제자 한 명의 시신을 발로 차며 천천히 앞으로 걸어 나갔다.

"나와 백 합을 겨룰 수 있는 놈은 얼마 없었다."

홍귀는 서장의 무인이다.

단리세가의 호위 무사로, 가장 강한 무공을 지닌 자들만이 오를 수 있다는 쌍귀(雙鬼)의 자리에 올랐다.

고개를 우둑 꺾은 그는 이내 가볍게 손목을 휘돌리며 중얼거렸다.

"중원의 무인들 중에도 대단한 놈들이 있다는 걸 인정하지."

청아는 입술을 깨물었다. 숨이 차올랐지만 저자에게 자신이 힘들어한다는 사실을 알려주고 싶지 않았다.

"하지만 여기까지다, 계집."

홍귀는 마땅찮다는 듯 그리 중얼거렸다.

여자와 칼을 나누는 것도 마음에 들지 않는데, 어느 정도 실력을 갖추다 보니 편안하게 죽여주지도 못하는 상황이었다.

다른 무인들은 미처 끼어들지 못하고 있다. 두 명의 무공이 상상보다 강하다는 사실을 알고 있었기 때문이다.

청아는 숨을 고르며 고개를 까닥였다.

"아직 끝난 게 아닌데."

무상기가 다시금 피어오르기 시작한다. 마치 하얀 날개처럼 청아의 어깨 언저리에서 흰 기운이 서서히 맴돌고 있었다.

"입으로만 주절대는 걸 보니, 제법 힘에 부치는가 보지?"

"허어."

홍귀는 가면 안쪽으로 웃음을 뱉었다.

그녀가 지금 자신에게 억지를 부리고 있다는 사실을 눈치 챘기 때문이다.

"실력이 아까웠다. 제아무리 왕께서 처리하라 했던… 오절의 무공을 가진 자라고 해도, 조금만 더 시간이 지나면 초인에 이를 수 있었을 테니."

그는 그러나 고개를 저었다.

"여기서 죽이게 되는 게 아쉽군."

홍귀의 도에 내공의 기운이 감돌기 시작했다. 그것은 단숨에 청아를 죽이기로 결정한 것처럼 무지막지한 기세로 번쩍이고 있었다.

청아는 으득 이를 악물며 칼을 겨누었다. 그녀의 온몸에서 내공이 솟구쳐 오르더니, 전신을 하얗게 휘감기 시작하고 있었다.

'잠력(潛力)까지 사용한다면.'

이자가 살아 있게 되면 다른 쪽이 이긴다고 해도 패배할 확률이 높아진다. 더군다나 시천월교의 생존자들까지 살아 있는 형국이기 때문이다.

어떻게든 홍귀를 쓰러뜨려야만 했다.

'소하.'

그녀는 그가 어딘가에 있을 거라고 생각했다. 그렇다면 소하가 싸우기 쉽도록 해야 한다.

백연검로의 팔로까지 끌어낸다면 홍귀에게 닿을 수 있으리라.

거기까지 생각이 미친 순간 그녀는 전력을 다해 내공을 쏟아냈다.

아니, 쏟아내려 했다.

"거기까지."

목소리가 들렸다.

뒤에 서 있던 무당의 무인은 누군가가 자신의 어깨를 밟는 것에 당황해 고개를 들었다.

분명 발이 어깨에 올려져 있었지만, 아무런 무게도 느껴지지 않았던 것이다.

위로 솟구쳐 오른 자는 청아와 홍귀의 사이로 내려앉으며 고개를 까닥였다.

"그 꼬마 놈. 귀찮게 하기는."

청아는 눈을 믿을 수 없었다.

"왜… 당신이?"

그는 가볍게 어깨를 털고는 따분하다는 듯 코웃음을 쳤다.

"재미있는 놈들이 있다고 해서 왔는데……."

홍귀에게로 향한 시선 그리고 그의 입에서 쯔쯔 거리는 소리가 뱉어져 나왔다.

"이건 좀 실망이군."

"호오."

홍귀는 웃었다.

"그렇게도 죽고 싶다면……!"

그러나 그는 말을 다 이을 수 없었다. 동시에, 뛰어든 남자의 몸에서 어마어마한 기운이 방출되어 나왔기 때문이다.

콰오오오오!

홍귀는 눈살을 찌푸렸다. 어마어마한 기운. 다리에서부터 척추까지 찌릿거리는 느낌이 타고 올라올 정도였다.

"그거 참 재밌군."

남자는 여유롭게 고개를 들었다.

"여흥(餘興)으로 놀아주지."

청아는 당황할 수밖에 없었다.

어째서 이자가 여기에 와 있는지에 대해서도 이해가 힘들 지경이었는데 이제는 자신의 편을 들어준다고?

"그 꼬마 놈이 힘들 수도 있겠어."

"뭐, 뭐……?"

"이대로 가다간 시천월교 놈들이 다 죽일 거다."

청아는 그것에 옆쪽으로 시선이 돌아갔다.

훈도 방장이 있는 곳에서도 달려든 무인들에 의해 충돌이 일고 있었기 때문이다.

"당신에게… 감사하진 않아."

"그런 걸 바란 적은 없다."

홍귀는 이내 고개를 갸웃 기울였다.

"넌 누구지? 너도 제법 세 보이는군."

"제법이라… 건방진 주둥이로군."

남자는 자신의 칼을 쥐며, 천천히 그것을 앞으로 내밀었다.

"네 칼도 괜찮아 보이니……."

동시에 그의 온몸에서 기운이 몰아치기 시작했다.

"가져가 주마."

검렵 선무린은 잔혹한 미소를 지으며 홍귀를 바라보고 있었다.

*   *   *

'생각대로군.'

미리하는 조용히 상황을 지켜보며 그리 생각했다.

사람들이 혼란에 빠져 도망치려 하고 있지만, 백면의 무인들 때문에 어떻게 움직이지도 못하고 잡혀 죽고 있는 상황이다.

더군다나 안쪽은 시천월교의 무인들이 나타나기 시작했으니, 진퇴양난이라 할 수 있을 것이다. 그녀는 그 상황을 지켜보다 이윽고 후우 한숨을 내뱉었다.

'하지만 이대로 좋은 것인가.'

그녀의 눈가에 자그마한 주름이 생겨났다. 장로들을 먹어치우고, 고수들의 내공을 흡수하고 있던 혁월련의 모습이 떠올랐기 때문이다.

그녀는 퇴로를 막아서는 역할을 맡고 있었기에 함부로 어딘가에 모습을 드러낼 수 없다. 그렇기에 그녀는 조용히 사태를 관망하려 했다.

누군가 나타나 무인들을 날려 버리지 않았다면 말이다.

열 명이 하늘을 날더니 기절한다. 그것으로 인해 한쪽의 문이 열리고, 사람들이 빠져나가기 시작하고 있었다.

"저건……."

잠시 멍하니 있던 그녀는, 이내 자신이 올라타 있던 나뭇가지를 가볍게 밟았다.

투앙!

마치 날쌘 새처럼 그녀의 몸이 허공을 날아 땅으로 착지한다.

"낯이 익어."

몸을 일으킨 그녀는, 이윽고 앞에서 손을 내리고 있는 앳된 청년을 바라보았다.

소하는 천천히 손을 내렸다.

"맨손으로 제압했다 이건가. 다들… 그럭저럭 괜찮은 자들이었는데."

지금 뒤쪽을 막아선 이들은 단리우의 명령으로 꽤나 실력이 좋은 자들로 구성이 되어 있었다.

그러나 소하는 그들을 모두 맨손으로 메치거나, 혹은 튕겨 내 버리면서 길을 열고 있었던 것이다.

"그때의 꼬마가······."

자신에게 달려들던 모습이 아직 전부 가시지 않았다. 미리하는 쓴웃음을 지으며 중얼거렸다.

"대단한 고수가 되었군."

소하는 천천히 광명의 칼자루로 손을 향하고 있었다. 미리하의 몸에서 풍겨오는 기이한 매화향에 벌써부터 전신이 경계를 보내고 있었던 것이다.

"비킬 생각이 없다면······."

"그 전에."

그녀의 전신에서 붉은 기운이 번졌다.

팔을 벌린 채로 미리하는 음산한 목소리를 내뱉고 있었다.

"조금 시험해 봐야겠어."

그 순간 소하는 인상을 찌푸렸다.

그녀가 풍겨낸 기운은 이상하게도 소하 일행에게로 향하지 않은 채 그녀의 주변을 맴돌았던 것이다.

그리고 그 시작은 뒤쪽에 있는 한 무인부터였다.

"무, 무슨······!"

백면의 무인 한 명은 자신의 몸이 꿈틀거리며 칼을 뽑아 드는 것에 당황했다. 자신의 의지가 아님에도 몸이 제멋대로 움직이고 있었던 것이다.

총 열 일곱의 무인이 그러한 모습을 보였다. 그리고 얼마 뒤 그들은 아무 말도 하지 않은 채 조용해졌다.

미리하는 아무렇지도 않다는 듯, 가볍게 혀로 입술을 축였다.

"가라."

이것이 냉옥천주 미리하의 무공인 혈음매화(血陰梅花)가 가진 힘이다.

일정 반경에 있는 자들은 그녀의 부름에 거스를 수 없다. 무력한 꼭두각시가 되어버리는 것이다.

타아앗!

땅을 박차는 무인들의 모습. 모두 다 이해할 수 없어 하지만, 몸은 이미 소하에게로 달려들고 있었다.

목연과 연사를 뒤로 물린 소하는 가볍게 무릎을 위로 올려찼다.

뻐억!

한 무인이 턱을 얻어맞으며 고개를 치켜 올린다. 보통이었다면 단박에 의식을 잃었을 공격이다. 아니, 실제로 그 무인의 목이 옆으로 기우뚱 기울어지며 흔들리고 있었다.

그럼에도 칼을 휘두른다.

째애앵!

소하는 등의 굉명으로 칼을 막아내며 몸을 휘돌려 그를 차

버렸다.

날아가 땅을 쭉 미끄러지는 모습. 그러나 여전히 그는 기괴한 자세로 팔을 땅에 내리박으며 버텨내고 있었다.

'의식을 잃어도 조종할 수 있는 건가.'

혈음매화의 특성을 어느 정도 알게 된 소하는, 이윽고 빠르게 눈을 돌렸다. 열이 넘는 무인이 동시에 소하에게로 달려들고 있었다.

"네 이야기는 이전부터 듣고 있었지."

미리하는 여유롭게 손가락을 튕겼다. 그러자 곧 달려들던 무인 한 명의 몸에서 붉은 기운이 번지기 시작했다. 혈음매화의 힘을 더욱 강하게 한 것이다.

쾅음.

소하는 갑작스레 완력이 강해진 적의 공격에 신음을 뱉으며 그 기세를 받아 넘겼다.

칼을 휘두른 무인은 자신의 오른팔이 부러져 덜렁이는 것에 비명을 질렀다.

"아아아악!"

그 모습에 소하는 인상을 찡그렸다. 미리하는 지금 그들의 팔이 부러지든 살이 찢기든 상관하지 않고 덤벼들도록 만들고 있었던 것이다.

"천하오절의 후계자라… 누가 믿을 수 있겠어."

그녀는 씩 웃으며 앞으로 턱짓했다. 그 순간, 여섯 명의 몸에서 붉은 기운이 솟구치고 있었다.

콰콰콰콰쾅!

소하가 피해낸 자리에 칼이 마구 내리꽂힌다. 여섯 명은 고통에 울부짖으면서도 소하를 향해 돌진하고 있는 상황이었다.

퍼벅!

소하의 발이 두 갈래로 꺾어지며 두 명의 머리를 걷어찼지만 그들은 기절을 한다 해도 여전히 같은 기세로 덤벼들고 있다.

"그 시대를 보지 못한 자는 이해할 수 없을 거야."

그녀의 목소리에는 묘한 체념마저 번져 있었다.

"사람의 무(武)가 하늘에 닿을 수 있었지."

그렇기에 그녀는 시천마를 따랐다.

진정한 무의 힘이 어디까지 이어질지가 궁금했었기에, 그저 멍하니 그의 궤적을 따라 걸을 뿐이었다.

그녀는 일곱 명에게 공격받고 있는 소하를 보며 쓴웃음을 지었다.

"너로는 무리야."

이 정도의 힘도 이겨내지 못해서야 그는 하늘에 다다를 수 없다.

그녀는 그렇기에 모든 것을 내려놓은 뒤였다.

혈음매화가 더욱 짙어진다.

미리하는 전력을 다해 소하를 여기에서 죽인 뒤 혁월련이 있는 곳으로 향하려 했던 것이다.

"이미 모든 건……."

그러나 그녀의 말이 끝나려는 순간.

파아아아앗!

태양과도 같은 빛이 솟구쳤다.

당황해 아래를 내려다본 미리하는 자신의 눈을 믿을 수 없었다. 달려들던 일곱 명이 푹 쓰러지는 장면이 보였고, 이어 그 사이에 아무렇지도 않은 모습으로 서 있는 소하가 있었기 때문이다.

"뭐지?"

혈음매화를 발동시켜 보아도, 전혀 움직이지 않는다. 그녀의 '인형'들은 아무 응답이 없는 채 기절해 있었다.

"하늘이니 뭐니."

소하는 가볍게 목을 까닥이며 손을 들어 올렸다.

그는 그 순간까지 굉명을 뽑지 않았다. 모두 죽이지 않은 채, 의식만 잃게 만들었을 뿐이다.

'내공…….'

미리하는 소하의 온몸에서 뿜어져 나오는 빛을 보았다.

천양진기의 기운이 어느새 혈음매화의 붉은 기운을 누르고 있었던 것이다.

"알고 싶지도 않아."

"윽……!"

그녀는 앞으로 손을 뻗었다.

붉은 기운이 뭉쳐들며, 사방의 무인들이 또 다시 앞으로 쏘아져 나가고 있었다.

그러나 그 순간 소하의 몸이 허공에 나타났다.

'뭐야!'

미리하는 고함을 지를 뻔했다. 소하의 운신(運身)을 따라잡을 수가 없었다. 마치 번개처럼, 그는 순식간에 허공에 뜬 채로 양손을 펼쳤다.

노란 기운이 날개처럼 솟아난다. 그것은 마치 칼날처럼 미리하의 내공을 모조리 사라지게 만들고 있었다.

쿵! 쿵! 쿵!

의식을 잃은 무인들이 땅으로 떨어져 내린다. 단숨에 그녀의 꼭두각시들을 제압한 소하는 미리하의 눈앞에서 어느새 손을 들이밀고 있었다.

수도(手刀)였지만 그녀는 마치 목이 잘려 나갈 것만 같은 위압감을 느꼈다.

"이게 다는 아닐 텐데."

미리하의 눈가가 일그러졌다.

그렇다. 혈음매화의 힘은 단순히 주변을 지배하는 것만으로 끝나지 않는다.

그녀의 손이 저도 모르게 허리춤의 칼자루로 향했지만, 이윽고 그녀는 손에 힘을 풀었다.

"아니, 이걸로 끝이야."

소하는 여전히 무표정한 얼굴로 그녀를 바라보고 있을 뿐이었다.

"저쪽에 교주… 새로운 천마께서 계시지."

은근한 비웃음이 섞여 있다. 소하는 그것에 고개를 슬쩍 옆으로 기울였다.

"무슨 생각이지?"

"내가 먼저 묻지."

미리하는 소하가 자신을 노려보고 있다는 사실을 모른다는 듯 부드럽게 웃었다.

"왜 죽이지 않았지? 지금의 너라면… 저들은 손쉽게 죽일 수 있었을 텐데."

미리하는 소하의 내공을 본 순간 직감할 수 있었다. 그가 밀리는 듯 보였던 이유는 그들의 목숨을 취하지 않고 혈음매화를 풀어내기 위해서였다.

잠시 입술을 삐죽 내밀었던 소하는 손을 내리며 눈을 앞으로 돌렸다.

"굳이 그럴 필요가 없으니까."

"허."

미리하는 아무 말도 하지 못했다, 차라리 당당하게 대의를 주장했더라면 비웃기라도 했을 것을.

그녀는 소하의 말에 오히려 헛웃음이 일었다.

"그런가. 그게… 네 '무(武)'라는 거로군."

그녀는 몸을 돌렸다.

"서두르지 않으면, 모두 죽고 말 거다."

여전히 소하는 의문을 놓지 못했다. 갑자기 미리하가 이러한 태도를 취하는 이유는 무엇인가?

그러나 그녀는 소하에게로 눈을 향하며 피식 웃을 뿐이었다.

"이미 이상(理想)은 사라졌어. 우리는… 사라졌어야 하지."

"당신……."

"다시 말하지. 서두르는 게 좋을 거야. 이대로라면……."

그 순간 내공의 충격파가 몰아친다.

콰우우우우!

소하는 자신의 뺨을 스치고 지나가는 바람에 눈살을 찌푸렸다. 이게 어디서 불어오는 것인지는 충분히 느낄 수 있었다.

"모조리 죽을 테니까."

미리하는 씁쓸하게 읊조렸다.

*　　　　*　　　　*

혈풍(血風)!

사방에 몰아친 무공의 흔적은 사람들의 살점과 핏물로 인해 사방에 피바람을 불러일으키고 있었다.

"흐, 흐아아악······!"

천협검파의 무인 한 명은 비명을 지르며 몸을 구부리다 이내 숨을 거두고 있었다. 하체가 사라져 버린 탓이다.

"흠."

아회광은 두터운 목을 꺾으며 인상을 찌푸렸다.

"너무 약한 거 아니냐, 너희?"

"괴, 괴물이다······."

두려운 목소리가 흘렀다. 확실히 아회광의 힘은 일반 무인들에게는 도저히 받아낼 수 없을 정도로 강대했다.

서효는 인상을 쓰며 덜덜 떨리는 자신의 오른팔을 바라보았다. 몇 합을 교환한 대가가 이렇다니, 제대로 싸우게 된다면 자신의 패배가 불 보듯 뻔한 상황이었다.

'절초를 써도 생채기가 고작인가.'

방금 전 그는 천협검파의 합식(合式) 무공인 협봉(浹峰)으로 공격에 들어갔지만, 아회광의 철신삭풍을 견뎌내지 못하고 뒤로 피해야만 했다. 그러지 못한 이들은 모두 피범벅이 되어 바닥에 쓰러졌고 말이다.

무력의 차이가 너무나도 크다.

서효는 그것을 절감하며 인상을 찡그렸다. 칼을 잡은 손에 제대로 힘조차 들어가지 않고 있었다.

"고작 이 정도라면······!"

바지지지직!

아회광은 자신의 얼굴로 달려드는 번개를 보며 주먹을 휘둘렀다.

투콱!

초량의 몸이 옆으로 튕겨 나가며 회전한다. 황망심법을 둘러 빠르게 그의 공격을 흘려내기는 했지만, 그것만으로도 어마어마한 경력이 도를 타고 흘러내리는 중이었다.

"제법 빠른 쥐새끼로군!"

아회광은 그리 고함치며 빠르게 손을 놀렸다. 그러자 그의 주먹이 어린 잔영에서 어마어마한 속도의 충격파가 떨쳐져 나가며 초량의 몸을 후려갈기고 있었다.

땅이 파헤쳐지며 토사가 튀어 오른다. 황망심법을 통해 빨라진 초량의 속도로도 아슬아슬하게 피해내는 게 고작이었다.

철신삭풍은 아회광의 신력(神力)을 더욱 증가시키는 무공이다. 양손에 두른 폭풍을 휘두르자, 단숨에 거대한 바람줄기가 뻗어나가며 사방을 유린하고 있었다.

"크아아악!"

미처 피하지 못한 자들이 휘말린다. 초량은 그것을 보며 인상을 단박에 찌푸렸다. 천회맹의 무인들은 아무런 저항도 하지 못하고 말려드는 판국이었다.

"크하하하하!"

아회광의 입에서 광소가 터져 나왔다.

"이따위 힘으로 뭘 하겠다는 거냐!"

초량의 몸이 다시금 꺾어진다. 더 이상 피해가 커지기 전에, 여기서 아회광을 쓰러뜨리고 싶었던 것이다.

그러나 아회광의 주먹이 희끗거리며 흔들린 순간, 초량은 격렬한 충격을 받으며 옆으로 튕겨 나가야만 했다.

"초 대협!"

여월의 비명. 초량은 볼품없이 튕겨 나가며 땅을 데굴데굴 구르고 있었다.

"흠."

손을 툭툭 턴 아회광은, 이내 고개를 까닥거리면서 음흉한 미소를 지었다.

"나대더니만 한 방에 끝나는군."

그의 두터운 발이 쿵 소리를 내며 앞으로 향한다. 이제 확실히 마무리를 짓기 위해서였다.

"큭……!"

초량은 흙투성이가 된 얼굴로 침을 토해냈다. 숨이 막히더니만, 온몸에 묵직한 충격이 왔다. 뼈에 금이 갔을지도 모르는 일이었다.

'황망심법으로 보호해도 이 모양이라니…….'

십성(十成)의 황망심법으로 보호했음에도 몸이 멀쩡하지 못하다. 이것이 시천월교의 철은천주라 일컬어지는 아회광의 실력이었던 것이다.

"걱정 마라."

아회광은 느긋하니 말을 토했다. 이미 서효는 두려움에 몸을 움직이지도 못할뿐더러, 다른 이들도 자신이 끼어들면 어떻게 되는지 알고 있었기에 발조차 떼지 못하고 있었다.

"오히려 편하게… 음?"

아회광의 눈이 일그러졌다.

바닥에 쓰러져 있던 초량은 누군가의 신발이 자신의 시야를 막아서는 것을 느꼈다.

그곳에는 여월이 있었다.

떤다.

초량은 그녀의 다리가 사시나무처럼 떨리고 있다는 사실을 눈치챘다.

콜록이며 피를 토해낸 그는 인상을 와락 찌푸렸다. 자신이 일합을 받아내는 것도 버거운 상대였다. 그런데 어찌 그녀가 막아선다는 말인가!

여월은 양손으로 붙잡은 검이 무색하게 부들부들 떨며 아회광의 앞에 서 있었다.

"초, 초, 초 대협을……!"

"뭐지?"

아회광은 미간을 찡그렸다. 불쾌하다기보단, 어이가 없을 지경이었다. 척 봐도 그녀의 수준은 아회광에게 있어 미물(微物)정도였기 때문이다.

아회광의 안광이 번득이자 여월은 큭 하고 숨을 삼켰다.

초인에 다다른 고수의 기도는 맞받는 것만으로도 충분한 힘을 지닌다.

다리가 서서히 오그라들며, 어깨가 축 처지기 시작한다. 아회광은 그녀가 이미 전의를 가지지 않고 있다는 사실을 느끼고는 픽 웃음을 지었다.

"가상하군."

그의 주먹이 위로 올라간다.

여월을 쳐서 죽여 버리려는 속셈이다. 그것을 눈치챈 초량은 다급히 인상을 쓰며 이마를 땅에 박았다.

"비… 켜라……!"

"아, 아, 으……."

여월은 아무 말도 하지 못했다. 이미 아회광의 기도에 모든 것을 제압당해 버린 상태이기 때문이다. 얼마 지나면 그녀는 숨조차 쉬지 못해 거품을 물며 기절하고 말 것이다.

초량은 으득 이를 악물었다.

'일어나라!'

자신에게 고함을 질렀다.

이런 식으로 죽고 싶지는 않았다.

연서림에 들어가 굉천도법을 배울 때의 목소리들만이 뭉게뭉게 피어오르고 있었다.

"소협은, 아마도 천하제일의 도법을 배우게 되는 겁니다."

무엇이 천하제일인가!
초량은 피를 토해내듯 그리 소리치고 싶었다. 이것이 과연
천하제일에 다다른 도법인가?
원수인 시천월교의 천주조차도 무찌르지 못하는 힘이 어찌
천하에서 제일을 논할 수 있다는 것인가!
그는 오른손에 힘을 주려 노력했다.
하지만 무리였다.
이미 온몸은 저릿저릿하게 마비되어 버린 터였다.

"굉천도법의 극의(極意)에 대해 다시 한 번 생각해 주시기를 바
라겠습니다."

떠나가는 초량을 보며, 연서림의 수장은 그렇게 말했다. 알
듯 모를 듯한 미소를 지어 보이며 말이다.
'내가, 모르고 있다는 말인가!'
그는 자연스레 소하가 떠올랐다.
자신에게 고함치던 목소리.
굉천도법의 극의.
누구보다도 자유롭기 위한 힘.
초량은 그러나 지금의 자신이 그에 미치지 못한다는 것을

느끼고 있었다. 무엇이 자유인가! 그저 멍하니 죽음을 기다릴 수밖에 없지 않는가!

그 순간.

황망심법의 잔재가 초량의 몸에서 솟구쳐 나왔다.

바자자작!

필사적으로 끌어 올린 내공은 아주 조금 그를 움직일 수 있게 해주었다.

여기서 뒤로 튕겨 나가기만 한다면, 그는 아회광의 지금 공격을 피할 수 있을 것이다.

그러나.

여월은 자신의 몸이 뒤로 날아가는 감각을 느꼈다. 아회광에게 지배당하다시피 했던 몸이, 둥실 뜨더니만 뒤로 내팽개쳐진 것이다.

그녀의 눈이 망연하게 앞을 향한다.

그리고 초량이 자신의 다리를 붙잡아 뒤로 날려 버렸다는 것을 깨달았다.

"대협……!"

당황한 그녀의 목소리에도 초량은 허탈한 표정을 짓고 있을 뿐이었다.

"젠장."

아회광의 주먹이 날아든다.

어째서였지?

그는 스스로에게 물어보았지만 아무 답도 나오지 않았다.

그저 멍하니, 자신의 머리를 깨부숴 버릴 주먹을 바라보고 있을 뿐이었다.

콰아아아아아앙!

동시에 어마어마한 폭발이 솟구치며, 사방으로 먼지를 내뿜기 시작했다.

여월은 내팽개쳐지며 팔을 마구 퍼덕였다. 자신이 초량을 지키고자 했지만, 그는 자신이 피하지 않고 오히려 그녀를 살렸다는 것을 알고 있었기 때문이다.

다급히 일어선다.

모래 먼지 사이에서는 아회광의 두터운 몸만이 보이고 있었다.

그의 얼굴이 드러난다.

멍한 표정을 지은 아회광은 이내 이해할 수 없다는 듯 미간을 찌푸렸다.

"넌 뭐냐."

초량은 질끈 감았던 눈을 힘겹게 떴다.

죽지 않았다.

머리가 으깨지고 뇌수가 퍼부어졌어야 하건만 그는 무사했다.

누군가의 그림자가 드리워지고 있었다.

"생각도 못 했는데."

낯익은 목소리가 들렸다.

소하는 굉명을 방패로 삼아 아회광의 일격을 막아낸 채로
서 있었다.

한 손으로 든 굉명에 내공을 집중시키며 소하는 씩 웃음을
지었다.

"의외였어."

"네… 놈……."

초량이 멍하니 중얼거리는 것에 아회광은 어깨를 움직이려
했다. 소하에게 다음 공격을 꽂아 넣기 위해서였다.

하지만 소하의 눈이 그에게 향한 순간.

"윽!"

아회광은 전신에 뜨거운 불길이 옮겨 붙는 느낌이었다.

그가 붕 떠서 땅에 착지하는 것에 소하는 굉명을 허공에
휘둘러 기운의 잔재들을 튕겼다.

"시천월교……."

소하의 목소리에 은은한 분노가 흘렀다.

저자의 얼굴을 알고 있었다.

"뭔지 모르겠지만."

아회광은 자신의 주먹을 서로 마주치며 괴성을 질렀다.

"네놈은 제법 세 보이는구나!"

소하는 천천히 굉명을 그에게로 들이밀었다.

천양진기의 기운이 무시무시하게 피어오르고 있었다.

"수고했어."

초량은 소하가 자신의 앞에 서 있는 것에 짜증이 솟구쳐 오르는 것을 느꼈다. 하지만 지금 상황에 대해 무어라 말을 할 수도 없는 상황이다.

"대협!"

정신을 차린 여월이 황급히 초량을 안아 끌기 시작하자 소하는 서효를 흘긋 바라보며 말했다.

"싸울 수 있는 분들은 주변을 도와주세요."

"아, 알겠소."

서효는 그가 누군지 알고 있었다.

광명지주. 최근 들어 가장 무림의 대사(大事)들에 관여되어 있는 신진고수다.

그러나 소하에게서는 이미 젊은이라고 생각할 수 없을 정도의 강대한 기운이 뿜어져 나오고 있었다.

"얼른 처리하고 움직여야 하니까."

소하는 차갑게 그리 말하며 광명을 굳게 붙잡았다.

"흠!"

아회광은 눈살을 찡그렸다. 소하에게서 풍겨져 나오는 기운이, 마치 노란 연기처럼 퍼져 나오고 있었던 것이다.

"다른 놈들보단 제법……."

그가 입을 여는 순간, 눈앞에는 도첨(刀尖)이 있었다.

아회광은 다급히 팔을 들어 올려 밀어닥치는 광명을 막았고, 동시에 바람이 찢어지는 소리가 폭산(爆散)했다.

꽈과과과광!

순간적으로 팔을 타고 올라오는 경력!

아회광은 저도 모르게 이를 악물며 강하게 소하를 뿌리쳤다.

"크윽!"

철신삭풍의 힘을 두른 팔이 처음으로 상처를 입었다. 핏물이 허공에 흩날리고, 소하는 주르륵 밀려 나갔지만 아무렇지도 않게 고개를 들어 올리고 있었다.

"이제야……."

기억하고 있다.

잊어버릴 수 있을 리가 없다.

마지막.

"감기 조심해라."

그 마지막 목소리가 아직까지도 머릿속에 맴돌고 있으니까.

"찾았다."

소하의 목소리가 음산하게 내려앉는 순간, 노란 번개는 허공에서 꺾어지며 어마어마한 속도로 아회광에게로 내리찍혔다.

"건방진 놈!"

아회광의 입에서 괴성이 터져 나왔다. 한두 번의 공격은 방심해서 받아냈기는 했지만, 그에게 있어 소하는 철부지 같은 어린애로밖에 보이지 않았다. 진심을 보인다면 금방 꺾어놓을 수 있을 줄 알았던 것이다.

그러나 번개는 순식간에 허공에서 여러 갈래로 갈라진다.

쾅쾅쾅쾅쾅!

꽝천도법의 천뢰가 내리박히자, 아회광은 양손으로 바람을 불러일으키며 그것을 상쇄(相殺)했다.

'어린놈의 내공이……!'

그의 강철 같은 육체는 어지간한 도격을 모두 막아낼 수 있다. 하물며 철신삭풍을 두른 몸이라면 더더욱 그렇다. 그러나 소하의 일격일격은 맞을 때마다 뼈가 부서지는 듯한 고통이 함께 밀어닥쳐 오고 있었다.

그리고 그가 그 소나기 같은 도격을 견딘 순간, 관자놀이로 격렬한 통증이 쏘아 박혔다.

빠각!

소하의 발이 휘둘러지며 그를 차 날린 것이다.

땅을 무너뜨리며 뒤로 주르륵 밀려나가는 아회광의 모습. 그곳에 있는 모든 무인들은 넋을 잃을 수밖에 없었다.

"뭐, 뭐야……."

"시천월교의 천주가……?"

서효를 포함한 모두도 어이가 없다는 표정을 지을 수밖에 없었다.

"저게 굉명지주라고?"

아직 머리에 피도 마르지 않은 햇병아리라고 생각했었다. 그러나 소하의 움직임에 담긴 신묘함을 알아보았기에 서효는 아무 말도 할 수가 없었다.

"젠장……."

초량의 눈가가 일그러졌다. 여월이 다급하게 그를 부축하고 있었지만, 그의 얼굴에는 굴욕만이 가득했다.

소하는 자리에 선 채로 아회광을 응시하고 있었다.

가만히 굉명의 손잡이를 들어 허공에 겨눈 그는, 이윽고 천천히 내공을 집중하기 시작했다.

먼지구름 속에서 아회광의 몸이 일어서고 있었다.

"이거 참."

그는 어이가 없다는 듯, 헛웃음을 던지며 중얼거렸다.

"기억났다."

핏물이 뚝뚝 떨어져 내린다. 아회광은 이마가 찢어진 상처가 신기하다는 듯 손으로 어루만지며, 조용히 중얼거리고 있었다.

"분명… 그날, 나한테 덤벼들었던 노인네가 있었지."

소하의 두 눈에서 희미한 불꽃이 일렁였다.

"그 작자가 쓰던 무공이야."

"굉천도법."

소하는 조용히 말을 이었다.

"천하제일의 무공이다."

"천하제일? 허."

아회광은 클클 웃음을 뱉었다.

그의 몸이 흐늘거리며 흔들리고 있었다. 소하에게서 받은 충격을 어느 정도 다 넘겨 버린 것이다.

'이놈, 짜증 나지만 제법이다.'

소하는 탐색전 따위를 하지 않았다. 처음 그를 보았을 때부터, 천양진기 사식의 상태로 덤벼들었던 것이다. 아회광은 자신의 육체가 상할 정도의 파괴력을 지닌 소하를 얕보지 않았다.

'어린놈에게는 먹히는 방법이 있지.'

그의 입가에 희미한 웃음이 흘렀다.

"그런 것치곤 약했었다."

모두가 조용해졌다.

초량마저도 가만히 아회광의 목소리를 듣고 있었다. 내공을 실어 넣은 목소리는, 귓전으로 강하게 쏘아 박혔다.

"왼팔을 뜯어버렸었지."

킥킥 웃은 그는, 이윽고 앞으로 한 걸음을 옮겼다. 다시금 바람이 그의 온몸을 두르며 강하게 감겨들고 있었다.

"그러니 아무것도 못하고 엎어져 있다가, 다시 필사적으로 덤벼들었었다."

소하는 아무 말도 하지 않았다.

그 자리에 있던 자들의 얼굴에 점차 놀람이 어리기 시작했어도, 미동을 보이지 않았다.

"굉천도 마 대협이… 저자에게?"

"마지막까지 길을 막으려 꿈틀거리더니만, 다른 노인네들은 모조리 죽었나 보지?"

히죽거리는 목소리가 점점 커진다.

그는 소하가 어떤 표정을 하고 있을지 추측할 수 있었다.

분노(忿怒).

아회광이 노리는 것은 바로 그 감정이었다.

'덤벼 와라.'

아회광은 내공을 전력으로 집중해 육체의 재생을 앞당겼다. 칼날에 그어졌던 상처가 순식간에 지혈되고 살짝 아물고 있을 정도였다.

분에 사로잡힌 상대는 다루기 편하다.

움직임이 직선적이 되고, 그 행동을 알아채기 쉬워지니 말이다.

그렇기에 그는 굳이 마 노인의 이야기를 소하의 앞에서 꺼낸 것이다.

"멍청한 노인네였지."

소하는 고개를 내리고 있었다. 그의 말이 들린 순간부터, 눈에 힘이 빠지더니만 땅만을 바라보고 있는 상황이다.

명백히 동요한다는 증거다.

"그런 게 천하제일이라면… 그 영감을 죽인 난 천하제일인 이겠군그래?"

"듣지 마라!"

여월은 깜짝 놀라 눈을 들었다. 그녀에게 부축받고 있던 초량이 번개 같은 고함을 내지른 것이다.

"저놈의 속셈을 모르겠나!"

그 말을 들은 모두가 정신을 차렸다. 지금 어느새 아회광은 소하에게로 가까이 접근했던 것이다. 서효마저도 당황해 알아차리지 못할 정도였다.

"여기서 그딴 표정을 지을 거면……!"

소리를 지르다 콜록거리며 고개를 숙이는 초량의 모습에 아회광은 빙긋 비웃음을 지었다.

"어디 너도 그 노인네를 따라갈……."

"듣고 싶지 않았었는데."

소하의 입에서 나직한 목소리가 흘러나왔다.

그 광경을 지켜보고 있던 모두가 두려운 표정을 지었다.

"그러기 싫었었는데."

소하의 입술이 달싹였다. 희미하게 떨렸다.

마 노인의 죽음을 인정하고 싶지 않았기 때문이다.

그는 내공이 폐쇄된 몸으로 소하의 도주로를 벌기 위해 필사적으로 싸웠던 것이다.

팔이 잘려 나가고, 몸이 넝마가 되어도 아회광이라는 고수에게 맞섰던 것이다.

모든 것은, 그저 자신의 제자를 지키기 위해.

소하의 팔이 부르르 떨렸다.

아회광은 속으로 그를 비웃었다.

역시 소하는 어린아이다. 무림의 냉혹함을 알지 못하는 멍청이다.

'죽어라!'

아회광은 소하가 자신의 거리에 들어온 순간 전력으로 주먹을 휘둘렀다. 철신삭풍의 절초 중 하나인 괴뢰붕(壞雷崩)이었다.

그 순간.

초량이 다급히 고함을 쳤다.

모두가 당황한 표정을 짓는다.

소하의 오른손이 꿈틀거리며 움직였다.

들어 올린 눈.

명백한 분노가 그 안에서 일렁이고 있었다.

"크윽!"

초량이 눈살을 찌푸리는 순간, 소하의 몸이 희끗거리며 움직였다.

콰아아앙!

아회광의 주먹에서 섬광이 번져 나오며 소하의 몸을 관통했다.

아니, 그랬다고 모두가 생각했다.

눈을 부릅뜬다.

무공이 어느 정도의 경지에 이르지 않은 자들은 눈치채지 못하지만, 순식간에 그의 감각은 소하가 몸을 아래로 비스듬히 구부리며 자신의 주먹을 피했다는 사실을 알 수 있었다.

소하는 이를 악문다.

동시에 여섯 줄기의 도격이 아회광의 전신을 두들겼다.

끼아아아아아악!

모두의 귓전을 멀게 만들 정도의 울음소리가 울려 퍼졌다.

단숨에 아회광의 몸이 튕겨 나가며, 소하는 그것을 가만히 놔둘 수 없다는 듯 달려들고 있었다.

일격.

아회광은 자신의 팔이 들려 올라가는 것을 느꼈다. 소하의 도격에 어린 힘은, 그의 상상을 초월할 정도로 무시무시했던 것이다.

"이… 건!"

천양진기 십육식.

소하는 전신을 달리는 고통에 더욱더 분노하며 고함을 내질렀다.

굉명의 울음소리가 번진다.

마치 번개를 내리는 사자(使者)처럼 소하의 도격 한 번 한

번에 사방으로 뇌우가 몰아치고 있었다.

"굉천(轟天)……."

모두가 당황한다.

초량마저도 어이가 없다는 듯 그 장면을 보고 있을 뿐이었다.

아회광은 방어를 지속하며 인상을 찡그렸다.

"뭐, 뭐 이런……!"

소하의 도격이 오른팔을 튕겨낸다.

아회광은 자신의 주먹을 받아넘긴 소하를 보며, 눈살을 찌푸렸다.

명백히 분노한 게 확실했다. 주체할 수 없는 화를 억제하지 못해 덤벼들고 있거늘, 어째서 이렇게 반응하기가 어려운 것인가!

"현 영감은 자기수련이니, 억제니 이런 말을 잘도 하지만, 나는 그렇지 않다."

소하는 마 노인과의 수업이 머릿속을 떠도는 것 같았다.

그는 민망하다는 듯 더벅머리를 벅벅 긁더니만, 이내 피식 웃으며 소하에게 말했었다.

"그 상황에 충실해라. 설령 그게 아프고, 화나는 일이라고 해도……."

"넌……!"
소하의 입에서 격정 어린 목소리가 터져 나왔다.
마 노인은 웃으며 말했었다.

"그놈을 때려눕히면 되니까."

"생각을 잘못했어!"
소하의 전신에서, 마치 태양 같은 빛이 폭발해 나왔다.

*　　　*　　　*

"하, 하."
홍귀의 입가에서 희미한 목소리가 흘러나왔다.
그는 자신의 어깨에서 흘러나오는 선홍색 핏물을 보며 대단하다는 듯 고개를 젓고 있었다.
"이럴 줄은 몰랐군."
선무린은 조용히 자신의 칼을 휘적휘적 허공에 놀리고 있었다.
"나도 몰랐다."
여전히 날카롭고 신경질적인 목소리다. 그는 눈을 가늘게 뜨며, 홍귀를 노려보았다. 선무린의 팔에도 가늘게 혈선 하나가 남아 있었다. 홍귀의 왼팔을 잘라 버리려는 순간, 번개 같은 도격이 선무린을 공격해 왔던 것이다.

"간단히 죽일 수 있을 줄 알았는데."

"허."

홍귀는 큭큭 웃음을 흘렸다. 과연 선무린은 강했다. 그러나 단순히 그런 이유만으로 자신이 물러설 수는 없었다.

"우리의 왕을 방해하지 마라."

"그 신비공자인가 하는 놈 이야기인가."

선무린은 코웃음을 쳤다.

"어린애들처럼 구는군. 왕은 무슨……."

쐐애애액!

홍귀는 도를 들어 날아드는 참격을 막아내었다. 허공에 칼을 긋는 것만으로도, 맞는 순간 팔이나 다리가 잘려 나갈 만한 위력이 깃든 힘이었다.

"그딴 생각을 해대니 이런 짓을 벌이겠지."

선무린은 사방에서 일어나는 참극을 보고는 피식 웃음을 지었다. 짙은 혈향이 비릿하게 코끝을 감돌고 있다. 벌써 상당수의 무인들이 부상을 당하거나 죽어 땅에 쓰러져 버린 뒤였다.

"아무리 봐도 네 주인이란 놈은 제정신이 아니다."

선무린은 뒤쪽에서 숨을 몰아쉬고 있는 청아를 흘깃 바라보다 이윽고 빠르게 팔을 들어 올렸다.

내공의 기운이 운집한다.

"그냥 마도(魔道)에 빠진 놈에 불과하지."

"큰 뜻을 모르고 움직이는 부평(浮萍)어……!"

홍귀의 입에서 분노 섞인 고함이 터져 나왔다.

"너희가 무엇을 아는가!"

콰아아앙!

홍귀의 발이 땅을 딛는 순간, 그는 폭발적으로 가속하며 선무린에게로 쏘아져 가고 있었다.

칼날이 은광을 쏟아낸다.

선무린의 전신에 둘러진 내공이 유형화되어 바깥으로 떨쳐져 나갔고, 동시에 그 역시 마주 서서 홍귀의 일격을 받아냈다.

청아는 귀가 떨어져 나갈 것만 같았다. 몸이 부들부들 떨릴 정도로 어마어마한 힘이 전신을 강타했기 때문이다.

'대체……!'

선무린은 청아와 소하의 공격을 받아내고도 부상을 입는 것에 그쳤다. 그런 자가 지금 적이 아니라는 것에 다행이라 느껴야 할 지경이었다.

달려든 홍귀의 도를 선 채로 받아낸 선무린은 이내 피식 웃음을 지었다.

"안다고 달라지는 건가?"

꽈징!

홍귀는 자신의 몸에 달려드는 충격에 피를 쏟으며 뒤로 날아갔다. 선무린의 무공은 이미 초인의 영역에 달해 있는 상태, 홍귀가 덤빈다 해도 차이가 서서히 벌어지고 있었다.

"무림은 본래 아무것도 모르는 놈들이 득실대는 곳이다."

선무린의 입가에 잔혹한 미소가 깃들었다.

"그런 놈들에게 너희의 생각을 강요해 봤자 아무것도 바뀌지 않아."

"큭……!"

홍귀는 내장이 뒤흔들리는 충격에 핏물을 뱉어냈다. 선무린의 방어는 자신의 전력을 다한 공격에도 뚫리지 않을 정도로 단단했다.

"애초에……."

선무린은 옆으로 칼을 휘둘렀다.

그러자, 끼어들려던 무인 두 명이 참격에 휩쓸려 팔다리가 동강 나 쓰러지고 있었다.

"이딴 식으로 움직이는 놈들이 무슨 큰 뜻이냐."

선무린은 그리 비웃은 뒤 칼을 들어 올렸다. 그의 검신에서 서서히 내공이 집약되고 있었다.

이제 끝내겠다는 뜻이다.

선무린이 익힌 광연수량검의 절초가 서서히 펼쳐지려 하고 있었다.

홍귀는 으득 이를 악물었다.

받아내지 못할 것이다. 그 역시 느끼고 있었다. 선무린이라
는 절정고수 앞에서는 어찌해도 대처할 수 없을 수밖에 없었
다.

그 순간.

선무린의 눈썹이 꿈틀거렸다.

"아……!"

청아의 입에서 다급한 고함이 터져 나왔다. 누군가 홍귀의
앞으로 내려앉으며 동시에 허공에서 번쩍이는 두 갈래 줄기가
쏟아져 나갔기 때문이다.

쫘르르르룽!

선무린은 동시에 허공에 칼을 내그었다. 내공이 가득 실린
참격은 날아드는 은광을 모조리 삼켜 버리며 동시에 사라지
게 만들고 있었다.

"호오."

그의 입가에 어두운 미소가 깃든다.

홍귀는 숨을 헐떡이며 무릎을 꿇었다. 눈앞에 나타난 자는
허공에 여섯 개의 칼을 드리우며 천천히 선무린을 노려보고
있었다.

"만검천주."

만검천주 성중결은 조용히 눈을 들어 선무린을 바라보았
다.

"더 이상 시간을 끌 수는 없다."

차가운 목소리다. 홍귀는 도를 들어 올리며 허탈한 웃음을 뱉었다.

"덕분에 살았군."

"아니."

홍귀는 순간 자신에게로 향하는 손을 보았다.

"여기까지다."

여섯 개의 칼날이 동시에 홍귀의 몸으로 파고들었다.

파아아악!

살점이 썰려 나가는 소리가 요란하게 울려 퍼졌다. 그 상황을 보고 청아는 눈을 황망하게 치켜뜰 수밖에 없었고, 홍귀는 휘청거리며 자신의 몸을 베어버린 칼을 바라보고 있었다.

"너, 이……."

성중결의 손가락이 위를 향한 순간 칼날들은 더욱더 깊숙이 박혀들며 홍귀의 온몸을 저몄다.

"크, 으으으윽!"

홍귀의 팔에서 힘이 빠져나간다. 도가 떨어지고 그는 이내 가면마저 흘러내리며 피를 울컥 토해내고 있었다.

얼굴에는 수많은 칼날이 상처를 남긴 모습이었다.

"감… 히 배신을……!"

"서로 이용하는 것."

성중결은 싸늘하게 그리 중얼거렸다.

"일찍이 그리 말하지 않았나?"

홍귀의 몸에서 서서히 힘이 빠져간다. 그는 분노에 어린 눈으로 성중결을 쳐다보고 있었지만, 이내 성중결은 그에게서 가치를 잃은 듯 눈을 돌려 버렸다.

"왕… 을……."

홍귀의 몸이 쓰러져, 곧 절명한다.

"뭐 하는 짓이지?"

선무린의 날카로운 목소리에 성중결은 담담히 답했다.

"이득이 되는 길을 고른 것뿐이다."

"자신만만하군."

이윽고 선무린의 입가에도 미소가 깃들고 있었다.

홍귀의 일이 어찌 되었건 싸울 만한 자가 나타났다는 건 즐거운 일이었기 때문이다.

그의 눈이 선무린과 뒤쪽에 있는 청아에게로 향한다.

그녀는 침을 꿀꺽 삼켰다. 만검천주 성중결이라면 분명 시천월교에서도 시천마를 제외하고 가장 뛰어나다는 무인이었다. 실제로 홍귀와 같은 무인이 자신에게로 달려드는 공격을 미처 알아차리지 못했던 것을 보아도 그러했다.

"지금은 시간을 소모할 틈이 없다."

성중결은 눈을 돌렸다. 그리고 그의 몸이 땅을 밟는다.

선무린의 입에서 고함이 터져 나왔다.

"감히!"

콰아아아아앗!

허공을 가르는 참격.

성중결이 하려는 행동을 알아채고 선수(先手)를 휘두른 것
이다.

그러나 그 순간 여섯 개의 검이 방벽(防壁)을 이루며 참격을
막아내었다.

쇳소리가 요란하다. 일격에 세 개의 칼날이 박살 나며 떨어
지고 있었던 것이다.

"훌륭하군."

성중결은 솔직히 그리 칭찬하며 땅을 박찼다.

그의 몸이 사라지는 모습에 선무린은 인상을 찡그렸다.

"여유를 부리다니……!"

그는 이내 칼을 내리며 고개를 돌렸다.

"서두르는 게 좋을 거다."

청아가 놀란 표정을 짓고 있자, 선무린은 짜증이 난다는 듯
중얼거렸다.

"월교 놈들… 하려는 짓이 뻔하군."

*   *   *

"방장을 지켜라!"

"서둘러라!"

괴성이 들린다. 훈도 방장이 쓰러지는 모습에 무림인들은 격하게 달려들어 공격을 해대고 있었던 것이다.

그 모습을 보며 단리우는 비웃음을 흘렸다.

'어리석다.'

그들의 모습은 정말로 우민(愚民)이라고밖에 할 수 없었다. 그들에게 있어 하늘과도 같았던 소림이 무너지자 어떻게든 그것을 지키기 위해 불에 달려드는 불나방처럼 목숨을 버리고 있었던 것이다.

백류영이 꿈틀거리는 모습이 보인다.

"안쓰럽군요."

단리우는 조용히 그에게 중얼거렸다.

그의 자원과 세력을 이용하기 위해 끌어들이기는 했지만, 정말로 백류영은 그릇이 작은 남자였다.

"이용하기엔 쓸 만했지만……."

확실히 죽여주는 게 오히려 자비로운 일이겠지.

단리우는 그리 생각하며 걸음을 옮겼다. 주변에서는 치열한 싸움이 벌어지고 있었지만, 그는 오히려 여유롭다는 듯 땅을 걸었다.

피가 봇물처럼 터졌고 비명이 울린다.

그것이야말로 단리우가 이 무림에 온 이유이자 유일한 목적이기도 했다.

"복수는 이루셨습니까?"

단리우는 조용히 고개를 숙인 채로 중얼거렸다.

앞에는 칼에서 피를 뚝뚝 떨어뜨리고 있는 혁월련이 있었다.

"그랬지."

훈도 방장은 직접적으로 월교의 멸망에 관여한 인물이다. 그런 자를 베어버린 순간, 남아 있던 월교의 잔당들은 사기가 솟구치며 다시 한 번 자신들의 천마가 강림했음을 직감한 것이다.

힘의 길항(拮抗)이 깨졌다.

그 순간 모든 것은 썰물처럼 밀려들어 이 참극을 만들어낸 것이다.

"하지만……."

혁월련의 얼굴에 핏빛 미소가 깃들었다.

"아직 하나가 더 남았어."

단리우는 손을 들어 올렸다.

칼날.

그 아래에 실린 어마어마한 경력이 단숨에 그에게로 밀려들어 왔던 것이다.

콰아아아아!

그러나 칼을 찔러낸 혁월련은 눈을 동그랗게 떠야만 했다. 자신의 일격을 받아냈음에도 불구하고, 단리우는 아무 상처도 없었던 것이다.

"당신이 그러리라고 생각했습니다."

그는 담담히 그리 말했다.

혁월련의 일격을 막아낸 손은 비취색 내공으로 덮여 있었다. 서장의 금강야차공이었던 것이다.

"모든 게 끝날 때… 제게 그 이빨을 드러내리라고 확신했죠."

혁월련은 그런 자다.

사람을 아무렇지도 않게 죽이고, 자신이 아닌 다른 이를 벌레처럼 여긴다.

그렇기에 단리우는 방심하지 않았다.

그의 온몸에서 잿빛 기운이 감돌기 시작했다. 그것은 이윽고 전신을 휘감으며 은은히 빛을 내뿜고 있었다.

파아앙!

혁월련은 턱이 들려 올라가는 것을 느꼈다. 자신이 보지 못한 일격이 어느새 명중했던 것이다.

"시천무검은 분명 천하제일의 검법."

단리우는 고요히 그리 뇌까렸다.

"그러나… 그것은 시천마가 사용했을 때의 이야기지."

"큭!"

혁월련은 인상을 와락 찌푸렸다. 자신의 내공심법을 뚫지는 못했지만, 분명 큰 충격이 몸을 맴돌았다. 단리우의 실력 역시 상당한 수준이라는 뜻이다.

"그리고 당신이 익힌 흡성영골은 아직 미흡합니다."

단리우의 전신에 문양이 새겨지기 시작했다. 그가 익힌 천하마룡의 절기, 흡성영골을 전력으로 뿜어내기 시작한 것이다.

그는 천재(天才)라고 불린 자다.

단리우의 손에서 빛이 날았다.

파아아악!

혁월련은 자신의 어깨에서 느껴지는 통증에 인상을 찌푸릴 수밖에 없었다.

"선양지. 만박자 척위현이 개량했다고 하는 절세무공입니다."

"무… 슨……!"

혁월련의 눈가가 일그러지며 목소리가 터져 나왔다. 어째서 단리우가 이 무공을 사용하는 것인가?

"그는 대단했죠. 사실 시천마가 없었다면 천하제일에 이름을 올릴 이는 바로 만박자였을 겁니다."

파악! 파악!

허벅지에 명중하는 공격, 그것은 옷을 태우며 동시에 혁월련의 살점을 뚫어버리고 있었다.

"크악!"

그가 비명을 지르며 몸을 휘청거리자, 단리우는 입가에 은은한 웃음을 흘렸다.

"익히는 데에는 조금 시간이 걸렸지만… 그럴 만한 가치가 있었죠."

이미 백면의 힘은 무림 전역으로 퍼져 있다. 그는 연서림에 숨겨져 있던 선양지를 훔쳐내는 데에 성공해 그것을 자신의 것으로 만들었다.

금강야차공과 뒤섞인 선양지는 요사한 기운을 뿜어내며 단리우의 손가락 끝을 맴돌고 있었다.

"이제 아시겠습니까?"

칼을 들어 올리려던 혁월련은 이내 뿜어지는 장력을 맞고는 크악 소리를 내며 뒤로 미끄러졌다. 이번에는 또다시 다른 무공을 사용하기 시작한 것이다.

"당신은 그저… 우연히 절세의 신공을 얻은 것뿐."

단리우는 잔혹하게 웃었다.

"그 이외에는 아무것도 아닙니다."

"건방진 놈!"

혁월련은 야수처럼 고함을 토해내며 땅을 박찼다. 그의 손에 들린 시천마의 검, 천개가 바람을 가르며 날아가고 있었다.

그 손에서 펼쳐져 나가는 것은 시천무검의 열섬. 아까 전 훈도 방장을 베어내기도 했던 극도의 쾌검이었다.

콰자자자작!

허공을 때리는 일격. 그러나 유연하게 피해낸 단리우는 이윽고 천천히 자신이 쥐고 있던 손을 펼쳤다.

그러자 곧 떨어져 있던 검이 그의 손으로 휘감겨들며, 단숨에 허공을 잘라내고 있었다.

쩌르르렁!

내공이 괴성을 내뿜는다. 단숨에 공간이 짜부라지며, 혁월련의 몸에서 핏물이 솟았다.

"크학!"

뒤로 날아간 혁월련이 데굴데굴 구르는 모습이 보인다. 그것에 뒤쪽에서 혁월련을 보던 월교의 무인들이 당황한 표정을 짓고 있었다.

"이건 화산파의 검공입니다."

빙긋 웃은 단리우는 조용히 손을 내리며 말을 이었다.

"이제는 멸문해 버렸지만, 쓸 만하죠."

"뭐, 뭐냐… 네놈……."

혁월련의 입에서 헉헉거리는 소리가 터져 나왔다. 갑작스레 그가 다양한 무공을 사용하는 것에 놀랄 수밖에 없었던 것이다.

"시천마는 대단한 자였습니다. 가히 하늘이 택한 사람이라고밖에 할 수 없죠."

단리우는 앞으로 향하며 조용히 칼을 비껴들었다.

'다들 바쁜가 보군.'

만검천주와 철은천주 두 명 다 보이지 않는다.

사실 이러한 상황에서 혁월련이 기습해 오는 일은 단리우가 가장 바라던 일이기도 했던 것이다.

"그분은 무공을 모으고 있었습니다."

단리우는 망연한 표정을 짓는 혁월련을 즐겁게 바라보았다.

"천하제일의 재능을 가졌기에 가능했던 일입니다. 보는 것만으로도 무공을 익힐 수 있었고, 그 묘리(妙理)를 꿰뚫을 수 있었죠."

시천마의 진짜 무서운 점은 바로 그것이었다. 그렇기에 그와 대적한 적들은 스스로의 무공을 파훼당해 죽어갔던 것이다.

"그 정수(精髓)가 바로 시천무검."

단리우의 손이 희끗거리며 휘둘러졌다.

동시에 혁월련은 이를 악물며 칼을 들어 올렸다. 자세가 무너진 상태였기에, 참격에 휘말리는 순간 그는 몸을 거칠게 휘돌리며 다시 무릎을 일으켜 세우고 있었다.

"윽……!"

그러나 입에서는 핏물이 방울방울 흘러나온다. 어쩔 수 없었다. 단리우의 일격을 전혀 예상하지 못하고 얻어맞았기 때문이다.

"아까 당신이 사용했던 초식은 화산파의 매화검법(梅花劍法)을 소재로 삼았던 겁니다."

그 순간 혁월련의 눈가가 일그러졌다. 그러고 보니, 방금 날아든 쾌검은 분명 시천무검의 열섬과 비슷한 궤적을 지니고 있었다.

"시천마의 무공은 전 무림의 고절한 초식들을 합쳐 만들어 낸 것이지요."

"무슨 개소리를!"

혁월련의 고함에 단리우는 고개를 저었다.

"무지한 당신은 이해하지 못할 겁니다. 그게 얼마나… 숭고하고도 대단한 일인지."

단리우는 미소를 지었다. 그의 온몸에서는 금강야차공이 웅웅 소리를 내며 맴돌고 있었다.

"전 무림의 합일(合一)."

단리우의 손에서 다시 칼이 휘둘러졌다.

째애앵!

참격이 충돌하는 순간 격렬한 쇳소리가 들린다. 팔이 들려 올라가는 것에 혁월련은 큭 소리를 내며 인상을 찡그렸고, 단리우는 그것을 보며 땅을 박찼다.

칼날이 소나기처럼 퍼부어진다.

"단리세가의 칠검영(七劍零)."

혁월련은 순간 눈앞을 메우는 은빛 궤적을 보았다. 다급히 시천무검을 펼쳐 그것들을 모조리 쳐내기는 했지만, 마치 예상했다는 듯 단리우는 뒤로 미끄러지고 있었다.

피육!

"크악!"

혁월련의 어깨를 선양지가 관통해 지나간다. 그가 고함을 지르며 고개를 숙이는 것에, 단리우는 만족스레 웃었다.

"그것도 그 시천무검 안에 녹아 있습니다. 천하마룡의 가신들을 모두 죽인 뒤, 시천마는 그들의 무공을 견식하는 것으로 무공을 흡수했죠."

어린 단리우는 그것을 보았다.

시체들 사이에서 펼쳐지고 있는 가문의 무공을.

그것은 어느 무인이 펼쳤던 것보다도 아름다웠다. 아니, 절세의 무인이 그 무공을 사용해 준다는 것에 경외심마저 들 정도였다.

"당신에게는 버거운 힘입니다."

"으, 크으으!"

단리우는 천재다.

자신이 어떤 경지에 이를 것인지에 대해 파악하고 있는 자였다. 그렇기에 그는 솔직하게 자신의 재능을 천하일절(天下一切)이라 결정하고, 침착하게 계획을 옮겼다.

무림을 일통(一統)할 수 있는 방법.

"저는 절대자가 될 겁니다, 혁 대협."

"크, 으으으으!"

엎드린 채 괴성을 토해내지만, 이미 허벅지에는 구멍이 뚫려 버린 뒤다. 움직이려고 해도 근육이 파열되어 제대로 힘이 실리지 않을 것이다.

단리우는 그에게로 천천히 다가서며 낭랑한 목소리로 중얼거렸다.

"아무도 거스를 수 없는 힘을 가지고, 아무도 벗어날 수 없는 거대한 울타리를 두를 겁니다."

그것이 바로 무림이다.

단리우는 그렇기에 이곳으로 왔다. 서장의 무인들을 꼬여내어 무림에 분란을 유발하고, 백류영을 이용해 백면이라는 조직을 키워냈다.

그리고 지금 이 순간이 그에게 있어 가장 중요한 순간이다.

혁월련에게 다가서며 단리우는 피식 웃었다.

"어서 보여주시지요."

그 역시 시천마와 비슷한 재능을 지니고 있는 자였다.

모든 것을 통찰(通察)할 수 있는 힘.

그렇기에 그는 자신의 천재성으로 무림의 고강한 무공들을 얻어 익혔다.

사실상 초인의 영역에서도 대적할 자가 없을 정도로 강해졌던 것이다.

혁월련은 아무 말도 하지 않고 있었다.

그저 고개를 숙인 채, 칼만을 꾹 쥐고 있을 뿐이다.

"애처롭군요."

단리우는 혀를 찼다. 마지막까지 이런 추한 모습을 보이다니, 혁월련은 역시나 그의 기대 이하인 인물이었다.

'단박에 죽일 수는 없다.'

하지만 시천무검을 캐내야 한다. 그렇기에 단리우는 그에게 절대적인 실력 차를 보여주고자 했다. 연기가 피어오르는 혁월련의 다리를 바라보던 단리우의 눈이 서서히 옆으로 향했다.

'상황은 더욱 고조되고 있군.'

무인들의 비명이 잇따른다. 소림의 방장이 쓰러지고, 고수들은 안쪽에서 배신한 백면의 무인들에 의해 불의의 습격을 받았다. 이러한 복잡한 감정들이 중첩되면, 결국 패배로 이어지게 될 것은 자명했다.

단리우의 생각보다 조금 더 빨라지긴 했지만, 이 정도라면 충분히 성공적인 계획이 될 터였다.

그랬어야만 했다.

끼이이익……!

혁월련이 지팡이 삼아 꽂아놓은 검에서 수상한 소리가 들렸다. 그것은 이윽고 불길한 소리가 되어 단리우의 귀를 두들기고 있었다.

"당신에게는 어울리지 않는 힘입니다."

단리우는 빠르게 혁월련을 제압하기로 마음먹고, 걸음을 옮겼다. 제아무리 만검천주나 철은천주라고 해도 둘만으로 백면과 대적하기란 불가능에 가까울 것이다.

"진정한… 주인(主人)에게 내어 놓으시죠."

단리우의 손이 위로 추켜 올라갔다. 한쪽 팔을 베어낸다면, 혁월련은 살고 싶어 발버둥 칠 게 뻔한 일이었다.

"주인?"

혁월련의 입에서 음산한 목소리가 흘러나왔다.

단리우는 혁월련을 향해 다가가던 중 흠칫하며 멈춰 설 수밖에 없었다.

'뭐지?'

그는 스스로에게 물어보았다. 무언가가 발목을 턱 붙잡은 듯, 차가운 기운이 전신을 휘감았던 것이다.

그러나 단리우는 인상을 찡그렸다. 이건 분명 혁월련의 짓이다. 살기 위해 그가 자신을 의태(擬態)하고 있다고 여긴 단리우는 거칠게 칼을 들어 올렸다.

"네가 주인이라는 건가?"

목소리는 한기마저 느껴질 정도로 차갑다. 단리우는 더욱 의구심이 드는 것을 느꼈지만, 이내 칼을 내려쳤다.

콰아아악!

그러나 손끝에 남는 감촉을 안 순간, 단리우의 눈가는 단박에 일그러질 수밖에 없었다.

마치 무언가에 사로잡히기라도 한 것처럼, 전신이 움직이지 않는다. 어깨를 누르는 그 묵직함에 단리우는 믿을 수 없다는 듯 신음을 뱉었다.

"무슨……."

혁월련은 맨손으로 칼을 붙잡고 있었다. 그럼에도, 핏물만이 뚝뚝 떨어질 뿐 손이 잘려 나가거나 하지 않았다. 내공이 실린 검을 막아내고도 그렇다는 것에 단리우는 지금 상황을 믿을 수 없었다.

혁월련의 눈이 들어 올려진다.

그의 안구 속에서는 마치 불꽃같은 광망이 몰아치고 있었다.

"어리석군."

씹어뱉듯 목소리를 내뱉은 순간, 단리우는 전력을 다해 손을 놓았다.

파아아앗!

그의 몸이 허공으로 떠오르더니 하늘하늘 내려앉는다. 이내 단리우는 자신의 가슴팍에 남은 혈선을 보며 인상을 찡그릴 수밖에 없었다.

"무슨 짓을 한 거지?"

그렇게밖에 물을 수 없었다.

대단한 눈을 가졌다고 자부하는 단리우가, 혁월련의 방금 공격을 제대로 피할 수 없었다. 반격마저도 불가능해 뒤로 뛰는 게 최선이었다.

혁월련의 몸이 꿈틀거린다.

관절이 뚝뚝 소리를 내며 꺾이고, 두 눈은 음산한 빛을 내뱉는다.

"하늘을 보지 못하는군."

그리고.

동시에 혁월련의 손에서 검광이 뻗어 나갔다.

이전과 같은 열섬이다. 그 기술에 대해서는 이미 충분히 알고 있었기에, 단리우는 앞으로 쏘아져 오는 궤적을 피해내며 다시 선양지를 쏘아내려 했다.

써걱!

그는 번개를 맞은 것만 같았다.

피하려는 순간, 검광은 천변(千變)하며 단리우의 오른 손목을 잘라내었던 것이다.

허공으로 빙글빙글 치솟는 손목. 붉은 핏줄기가 뿜어져 나온다.

"땅을 기어야 하는 미물(微物)이 하늘을 탐한다면……."

혁월련의 목소리가 찢어지듯 갈라진다. 그리고 그것은 마치 다른 사람의 목소리인 양 무섭게 잦아들고 있었다.

"짓밟혀 죽을 수밖에 없다."

웃음소리 하나하나에도 내공이 실려 있다.

단리우는 급하게 내공으로 상처를 지혈하며 땅을 구르는 자신의 손을 보았다.

"말도 안 돼."

혁월련의 전신에는 흡성영골의 문양이 떠올라 있다.

그는 뿌득뿌득 소리를 내며 몸에 난 상처들에 손을 가져다

대었고, 그것은 곧 연기와 함께 아물어 버리고 있었다.

다급히 단리우는 왼손을 들어 올렸다. 응축된 내공이, 열선처럼 쭉 뻗어져 나가며 혁월련의 미간을 노리고 있었다.

그러나 그것마저도 잘라진다.

혁월련은 천개를 휘둘러 선양지를 부숴 버린 뒤, 이내 흐늘거리며 앞으로 향했다.

"너는……."

식은땀이 이마를 적신다.

그와 동시에, 뒤에서 가면을 쓴 자들이 솟구쳐 올랐다. 단리우의 직속 가신이었던 일영과 그의 부하들이었다.

혁월련의 손이 검광을 뿜었다.

사람의 살이 썰려 나가는 소리가 어찌 그리도 음산한지.

단리우는 자신의 부하들이 허공에서 육편(肉片)으로 변해 버리는 것을 망연히 지켜볼 수밖에 없었다.

"도망… 치십……."

일영의 눈에 죽음이 깃들었다. 그의 머리가 땅을 데굴데굴 구르자, 이내 혁월련은 지루하다는 듯 눈을 돌렸다.

"더 없나?"

그의 목소리는 명백히 낮아져 있었다.

"아직 왼팔이 있다."

천개에서 웅웅거리는 소리가 울린다.

내공이 응집되자 검명이 쏟아지기 시작한 것이다.

"두 다리도 있고."

고개를 뚜둑 소리가 나도록 꺾은 혁월련은 음산한 미소를 지었다.

"아직 싸울 수 있을 텐데?"

그 말에 단리우는 꽉 주먹을 쥐었다. 피는 멈춘 뒤지만, 아직도 격렬한 통증이 상처 부위를 쥐어짜듯 느껴지고 있었다.

"너는 누구지?"

단리우의 입에서 그 말이 흘러나왔다.

도저히 현실을 믿을 수 없었다. 그리고 그의 머리는 하나의 답을 도출해 냈다.

"흡성영골의 극성(極成)에 이르면 육신마저도 변화시킬 수 있다고 했다."

자신도, 무공을 개발한 천하마룡조차도 다가가지 못한 경지다. 그러나 지금 혁월련은 손쉽게 살이 찢어지고 근육이 파열된 상처를 치유하고 있었다.

"환골탈태(換骨奪胎)."

그것이 바로 흡성영골이 지향하는 최고의 경지였다.

혁월련의 몸이 조금 더 성장한다.

어깨가 넓어지고, 팔에는 근육이 자라나기 시작했다. 마르고 하얗던 그의 몸은 조금 더 단단히 다져진 모습이었다.

단리우의 미간이 찌푸려졌다. 그 상황을 통해 추측할 수 있는 일들이 뭉게뭉게 떠올랐지만 도저히 믿을 수가 없었던 것이다.

"아무래도 싸울 마음이 없는 것 같군."

혁월련은 웃음을 지으며 그리 중얼거렸다.

"그럼……."

그의 손이 위로 들어 올려진다.

"아직 '끝'에는 이르지 못했으니."

단리우의 눈이 커다랗게 변한다.

동시에 그는 일영이 했던 말이 머리를 떠도는 것을 느꼈다.

도망쳐야 한다.

마치 포식자 앞에 놓인 동물이 된 심경이었다. 그의 다리가 저도 모르게 뒷걸음질을 쳤지만, 쉽사리 눈을 그에게서 뗄 수는 없었다.

"널 살려둘 이유가 없다."

동시에 칼날이 내려쳐지고 있었다.

피해야 한다.

느리다.

저 정도는 자신도 여유롭게 피할 수 있다.

단리우는 그렇게 느끼며 내공을 전 다리에 집중했다.

파콰아아악!

머리를 파고드는 칼날을 뒤늦게 알아채고는 그는 황망하게 눈을 치떴다.

혁월련은 웃지 않았다.

그저 담담히 아무렇지도 않게 단리우의 생명을 앗아가고 있었다.

"그렇… 군."

머리가 반으로 갈라진 채, 그는 멍하니 입을 열었다.

"모든 건… 간계(奸計)……."

칼날이 빼어진다.

죽었어야 당연한 상황이지만 내공의 힘은 얄궂게도 그를 아직 살려두고 있었다.

내공이 실린 다리가 파열한다.

핏물이 솟고 단리우는 두 눈이 제멋대로 휘도는 것을 느꼈다.

그러나 입은 쉴 새 없이 하고 싶은 말을 쏟아내기 위해 달싹였다.

"당신… 은 그저……."

뒤로 넘어간다.

마침내 단리우의 시신이 쓰러지자, 혁월련은 픽 웃음을 지었다.

그리고.

서서히 눈이 감긴다.

혁월련은 이내 상체를 구부리더니 머리를 감싸 잡으며 주저앉기 시작했다.

"크, 으아아아악!"

입에서 비명이 쏟아져 나온다.

참을 수 없다는 듯 머리를 움켜잡으며 괴성을 지른 그는 몇 번이고 숨을 토해낸 뒤에야 눈을 들어 올렸다.

아까와 같은 광망은 없다.

혁월련은 멍하니 자신의 손을 바라보다, 이윽고 머리가 갈라져 죽은 단리우를 바라보았다.

"하, 하하……."

그는 허둥지둥 자신의 칼을 붙잡았다.

"하하하하하!"

입에서는 웃음이 토해져 나온다.

"머저리 같은 놈!"

시체를 내리밟으며, 혁월련은 광소를 터뜨렸다. 어느덧 주위에는 그에게 미처 덤벼들지 못한 이들이 충성의 의미로 머리를 조아리고 있을 뿐이었다.

두통은 계속해서 온다.

그러나 혁월련은 그 아픔을 애써 무시한 채, 힘껏 웃어대고 있었다.

*　　　　　*　　　　　*

빛.

모든 사람들은 자신의 눈앞에 비치는 섬광을 믿을 수 없었다.

콰라라라라라라!

몰아치는 도격은, 흡사 파도 같았다.

아회광의 몸이 튕겨 날아간다.

그는 양팔에서 피를 뿜으며 괴성을 토해내고 있었다.

"이런, 빌어먹을!"

양다리에 힘을 줘 땅에 내리박은 그는, 중심을 잡으며 흉악한 인상을 지었다.

현실을 부정하고 싶을 정도였다.

양팔에서 느껴지는 찢어질 듯한 고통. 분명 소하가 펼쳐낸 일격을 막아냈음에도 살갗이 찢어지고 핏물이 일었다.

아회광의 입에서 괴성이 터져 나오며 손이 허공을 갈랐다.

콰라라라라락!

내공이 어린 수도(手刀)는 그것만으로도 거대한 참격이 되어 허공을 찢었다.

그러나 소하는 그것을 내리부순다. 마치 피할 필요도 없다는 듯, 아회광의 공격을 마주하며 동시에 앞으로 전진해 나가고 있었다.

천양진기가 더욱더 짙게 펼쳐지며, 소하의 머리칼이 서서히 허공에 일렁인다.

명백하게 분노한 모습이다.

아니, 그 정도가 아니라 도저히 참을 수 없다는 듯 사방으로 소하의 내공이 분출되어 나오고 있었다.

마치 화산(火山) 같다.

모두가 그리 느낄 정도였다.

아회광은 으득 이를 악물며 양손을 한데 모았다.

'이놈은 예상외다.'

자신의 생각보다 더욱 강했다. 아니, 아회광이 전력을 다한다 해도 지금의 소하보다 압도적인 힘을 지닐 수는 없을 것만 같았다.

아회광은 자신의 전력을 뿜어내며 온몸에 바람을 휘감았다.

"감히!"

그의 입에서 고함이 터져 나왔다. 자신이 소하에게 이런 식으로 밀릴 줄은 상상도 하지 못한 탓이다.

주먹을 꽉 움켜쥔 그는, 단숨에 앞으로 공격을 쏟아내기 위해 이를 악물었다.

"죽여 버린다… 죽여 버린다!"

화를 참을 수 없다는 듯 마구 고개를 옆으로 도리질 친 아회광은, 이내 울룩불룩한 힘줄을 전신에 툭 튀어나오게 하며 내공을 집약했다.

제대로 사용한다면 산마저도 부숴 버릴 수 있다 전해지는 철신삭풍이다. 그런 자신의 힘을 일거에 집중한다면, 소하를 쳐 죽이지 못할 것이라 여기고 있었다.

그리고.

소하는 서서히 손을 옆으로 옮겼다. 그러고는 허리춤에 꽂힌 연원을 뽑아 들고 있었다.

우검좌도.

그 형상이 된 소하는, 이내 천양진기를 너울너울 흩뿌리며 앞으로 향하기 시작했다.

"입만 산 건가?"

소하의 입에서 싸늘한 목소리가 흘러나왔다.

아회광의 두 눈이 시뻘겋게 변했다. 한참은 애송이인 소하가 자신에게 이런 말을 해대는 것에 참을 수 없을 정도로 감정이 치솟았던 것이다.

"크아아아악!"

그의 입에서 괴성이 터져 나오며, 동시에 주먹이 앞으로 발출되려 했다.

칼날들이 쏟아져 내리며 앞을 가로막지 않았다면 말이다.

콰콰콰콰쾅!

소하는 굉명으로 날아드는 칼날들을 구겨 버리며 앞을 바라보았다.

"여기까지다. 철은천주."

성중결은 다섯 개의 검을 허공에 띄운 채로 내려앉았다.

"만검천주! 방해하지 마라⋯⋯!"

아회광의 목소리에 성중결은 여전히 냉정하게 답했다.

"중요한 건 지금이 아니다."

그는 앞을 바라보았다. 그 역시, 소하에게서 뿜어져 나오는 기운에는 제법 놀란 참이었다. 어린아이라고만 생각했는데, 자신도 방심할 수 없을 정도의 압도적인 힘이 뿜어져 나오고 있었다.

"자멸하지 마라."

"큭……!"

아회광의 손에서 힘이 빠져나간다. 이내 그는 후욱후욱 하고 깊은 숨을 내뱉었고, 성중결은 천천히 고개를 돌렸다.

"다만……."

성중결은 손을 치켜들었다.

"무슨 수를 써서라도 죽여야 할 자가 있군."

여덟 개의 검이 다시 허공을 휘돌기 시작한다. 죽은 무인들이 쥔 칼이 마치 살아 있는 것처럼 빠져나와 성중결의 주위를 맴도는 것은, 보는 이에게 두려움을 선사하기에 충분했다.

"협공(挾攻)한다."

아회광의 눈이 일그러졌다.

"진심이냐?"

성중결은 답하지 않았지만 아회광은 적잖이 놀랄 수밖에 없었다. 그가 평생 싸움에 있어서 누군가를 협공한 적은 없었다. 그것이 무인의 도리가 아니기 때문이다.

그러나 지금 성중결은 소하에게서 알 수 없는 무언가를 느껐다는 뜻인가?

"빨리 죽이지 않으면……."

성중결의 온몸에서 내공이 치솟기 시작했다.

"분명 저자는… 교주의 적이 된다."

아회광은 헛, 하고 숨을 내뱉었다. 그 역시 다시 바람을 두르며 소하를 바라보고 있었다. 성중결이 막아준 덕에, 내공을 전부 폭발시키는 일은 없었다.

문제는 이제 소하 쪽에 있었다.

"후."

소하는 내심 속이 타들어가는 고통을 받고 있었다. 천양진기 십육식은 인간을 초월한 힘을 준다. 대신 그만큼의 부하역시 가져다주고 있었다.

'이대로라면…….'

불리하다. 성중결은 거의 만전(萬全)의 상태. 아회광과 함께 덤벼든다면 소하는 필패할 가능성이 높았다.

하지만 물러설 수는 없다.

소하는 두 개의 칼자루를 꽉 쥐며 미간을 찌푸렸다.

그 순간.

"굉명지주를 지켜라!"

"무당의 검수들은 앞으로 향해라!"

괴성과 함께 뒤쪽에서 무인들이 뛰어들기 시작했다. 놀란소하가 눈을 크게 뜬 순간, 뒤에서 무당의 검수들이 칼을 든 채 뛰쳐나왔다.

"가라! 가서 은인(恩人)을 지켜라!"

익숙한 목소리였다.

동시에 같은 문양을 옷에 새긴 다섯 명이 소하의 앞을 가로
막았다. 그곳에는, 이전 소하가 만나기도 했던 형인문의 문광
이 서 있었다.

목소리를 낸 자.

형인문주 비자홍은, 도를 든 채로 슬쩍 미소를 지었다.

무당의 검수들도 마찬가지였다.

청아는 숨을 헐떡이며, 이내 소하의 옆에 서며 칼을 겨누었
다.

"다행이야."

그녀는 소하가 크게 다치지 않았음에 진정으로 안도했다.

"흠."

성중결은 가볍게 손짓했다.

그 순간 내공이 실린 다섯 개의 칼날이 매섭게 쏘아지기 시
작했다. 아회광과 싸우기 전에 미리 적들을 분쇄하기 위해서
였다.

은광이 허공을 메웠다.

쩌저저정!

굉음과 함께 칼날 조각들이 떨어져 내렸다.

성중결은 동시에 자신에게로 날아드는 칼날을 비껴 피했다.

적은 그의 공격을 부수는 것만이 아니라, 칼날을 무기로 날려 보내기까지 했던 것이다.

"휴."

푸른 무복을 입은 청년은 가볍게 착지하며 씩 웃음을 지었다.

"나 빼고도 제법 많이들 왔네."

"운요 형."

소하는 도착한 운요를 보며 당황한 표정을 지었다.

"걱정 마라."

그들은 모두 성중결과 대치하며, 칼을 들어 올리고 있었다.

"다들 싸울 준비가 되어 있으니까."

하나둘씩 무인들이 도착하기 시작한다.

그들은 모두 한 덩어리가 된 양, 성중결에게로 매서운 투기를 방출하고 있었다.

"그런가."

성중결은 솔직히 지금 상황을 인정했다.

소하 하나에게 정신을 집중할 수 없을 것이다. 그는 그런 결정을 내리자마자 가볍게 몸을 돌렸다.

"지금은 물러날 수밖에 없겠군."

"흥!"

아회광은 발을 구르며 동시에 내공을 방출했다. 조금이라도 덤벼들면 바로 머리를 으깨 버리겠다는 두려운 살기가 방출되고 있었다.

"하지만 기억해 둬라, 무림의 약자들아."

성중결은 서서히 손을 펼쳤다. 그리고 피바다가 된 곳에서, 서서히 한 명이 등장하고 있었다.

"저건 누구지?"

운요는 인상을 찡그렸다.

척 봐도 소하 또래의 나이다. 그러나 어마어마한 살기가 그의 온몸에서 흘러나오고 있었다. 비척비척대고 있지만 그 위력이 자못 흉험해 보였다.

"이분이야말로……."

성중결은 혁월련에게서 시선을 돌리며 말을 이었다.

"새로운 천마가 되실 분이다."

혁월련의 입에서 희미한 웃음이 흘러나왔다.

두 눈은 시뻘겋게 충혈되어 있는 데다, 머리는 산발이어서 더욱 광인처럼 보이고 있었다.

"저자가 훈도 방장을?"

뒤쪽에서 시천무검을 사용한 자가 훈도 방장을 베었다는 말만을 들었던지라 모인 무림인들은 모두 당황하고 있었다.

혁월련은 웃음을 흘리다 이내 고개를 끄덕였다.

"또 그런 눈이로군."

"교주."

성중결이 그를 말리려 했지만, 혁월련은 자신의 검, 천개를 들어 올리며 음산하게 중얼거렸다.

"내가 쓰레기라고… 아무것도 아닌, 병신에 불과하다고……!"

콰아아아앗!

내공이 휘몰아치며 동시에 칼에 집약되기 시작한다. 일반적인 무인이라면 경지조차 자세히 알 수 없는 일이다.

"뭐……!"

운요는 눈살을 찌푸렸다. 그의 청량선공에 걸러드는 이 기운은 마주하기 두려울 정도로 흉험했다.

"그렇다면, 보여주지!"

혁월련은 카하하, 하고 웃음을 토해내며 칼을 아래로 휘둘렀다.

"내가 천마라는 것을 말이다!"

광기 어린 고함과 동시에, 그의 검이 아래로 내리그어졌다.

"피해요!"

소하는 쩌렁쩌렁한 고함을 지르는 것과 동시에, 두 개의 칼을 들어 앞으로 돌진했다.

운요와 청아도 마찬가지였다.

꽈르르르르릉!

사람이 충격에 날아간다. 그저 여운(餘韻)만으로도 견딜 수 없다는 듯 몸부림치며 땅을 구르고 있었다.

"크아아악!"

비명을 지르는 이도 있다.

하지만 두려움에 발을 움직이지 못한 이들은 당황한 채 앞을 바라보고 있었다.

세 명은 혁월련의 일격을 견뎌내며, 이내 힘겹게 몸을 비틀거렸다.

"큭……!"

청아는 인상을 쓰며 마구잡이로 날뛰는 자신의 내공을 제어하려 애썼다. 막아내다 보니 몸에 한계가 온 것이다.

'무슨 내공이……!'

혁월련의 내공은 그들 몇 명 분량의 것이라 해도 믿을 만큼 증가되어 있었다. 받아낸 운요 역시 이를 악물며 고통을 견디고 있는 판국이었다.

혁월련의 입가가 열리며 웃음이 흘러나온다.

"하, 하하하하……!"

두 번째 검격. 그와 동시에 혁월련의 팔과 목으로 문양이 올라왔다. 흡성영골의 기운이 점차 퍼져 나가고 있는 것이다.

"엎드려라! 벌레 같은 놈들!"

그는 칼을 든 채 고함질렀다.

무인들이 몸을 떠는 게 느껴진다. 운요와 청아, 소하가 막지 않았더라면 자신들이 한 점 살덩어리로 변했으리라는 것을 깨달았기 때문이다.

"나를… 그런 눈으로……!"

"교주."

성중결은 차갑게 말하며 혁월련의 손을 붙잡았다. 동시에 천개가 흔들리며, 사방으로 내공의 잔재가 비산하기 시작했다.

눈을 거칠게 돌리는 그의 모습은, 두 눈이 충혈되고 핏줄까지 돋아 올라 있어 흉측하게 보일 정도였다.

"더 이상은 위험합니다."

성중결은 조용히 읊조리며, 이내 눈을 돌렸다.

"너희는 하늘을 모른다."

만검천주 성중결을 보자 운요는 눈살을 찌푸렸다. 칼을 쥐는 손에 힘이 들어가고, 당장에라도 달려가고 싶다는 듯 두 다리가 팽팽해진다.

"형."

소하의 목소리에 운요는 으득 이를 악물며 정신을 차릴 수 있었다.

스승, 거기다 문파의 원수이기도 한 성중결을 본 자리에서 이렇게 보낼 수 없었던 것이다.

"그러나 보여주마."

성중결은 조용히 그리 말하며 걸음을 뒤로 떼었다. 아회광과 혁월련이 사라지기 시작하며, 뭉게뭉게 먼지가 피어오르고 있었다.

"진정한… 하늘의 시작(始天)을."

그 말과 함께, 세 명은 먼지 속으로 사라졌다.

아무도 쫓을 생각을 하지 못했다.

그저 망연히 싸움의 끝을 알리는 바람만 맞았을 뿐이다.

第五章
합심

스산한 바람이 분다.

잊을 수 없다는 듯, 그것들은 분연히 귓전을 휘몰아친다.

"우리가 왜, 너에게 무공을 가르쳤다고 생각하느냐?"

척 노인은 여전했다.

음산해 보이는 눈, 굳게 닫힌 입, 그는 여전히 소하를 노려

보고 있었다.

하지만 이내 소하는 손을 뻗었다.

다시 보고 싶었으니까.

그 옆으로 서서히 나타나는 세 노인의 환영은 꿈에서라도 간절히 그리던 것이었으니까.

마 노인은 소하의 앞에서 조용히 칼을 들이민다.

소하는 그와 자신의 손에 들린 쾅명 두 자루를 가만히 바라보았다.

"함께하는 것이란, 어려운 일이지."

현 노인은 조용히 그리 말하고 있었다.

소하의 손에 연원이 들려진다.

백련과는 다른 검, 그러나 현 노인은 이전처럼 자애로운 미소를 짓고 있었다.

구 노인의 모습이 스쳐 지나간다.

그는 마치 잡을 수 없는 바람처럼, 소하를 지나쳐 멀리로 구름과 함께 사라져 가고 있었다.

"모든 것은, 하나를 위해."

네 노인의 목소리가 합쳐졌다.

소하를 바라보는 눈.

그 시선은 한 가지만을 묻고 있었다.

"무엇을 위해 싸우느냐?"

*　　　　*　　　　*

"우아!"

"아이고!"

소하가 일어나면서 지른 고함에 앞에서 수건을 갈던 운요가 나자빠졌다.

"깜짝이야!"

소하는 몸을 일으키며 정신없이 고개를 돌렸다. 언제 잠들었는지 기억도 제대로 나지 않았던 것이다.

옷은 무복이 아니라 가볍게 입을 법한 삼베가 되어 있었고, 무기들은 잘 벗겨져 옆쪽에 기대어진 상태였다.

"내공을 그만큼이나 써댔으니 오래 잘 만도 하지."

운요는 소하에게 수건을 건네며 벽에 몸을 기대었다.

"얼마나 지났죠?"

"뭐, 이틀 정도인가."

운요는 바깥에서 너울너울 지는 해를 바라보며 중얼거렸다.

임시로 마련된 이 전각 안에서 사람들을 쉬게 하고, 부상자들의 치료에 전념하던 중 소하는 밥을 거하게 먹은 뒤 그대로 쓰러져 버렸던 것이다.

"일단 전하고 오지."

운요가 일어나 휘적휘적 밖으로 나서자, 소하는 조용히 자신의 손을 바라보았다.

'느낌은 있는데.'

손에는 아직 꿈에서 굉명을 쥐었을 때의 감촉이 선명했다.

'뭘 했었지?'

노인들의 말.

소하는 그에 답하듯 움직였었다.

그 움직임은, 분명 이전 산에서 노인들의 분체에게 보여주었던 합일(合一)의 움직임과 같았었다.

하지만 여전히 기억이 나지 않는다.

소하는 한숨이 나올 수밖에 없었다. 그때의 기분에 따라 발현되는 무공이 어디 있겠는가.

닿겠는가 싶었더니 다시 멀어져 버렸다. 소하는 안타까움에 상체를 벽에 기대며 한숨을 내뱉었다.

드르륵!

그리고 미닫이문이 열리며 바깥에서 금하연의 모습이 드러났다.

"일어나셨군요!"

그녀는 다급히 들어와서는, 이내 소하의 옆에 앉았다. 뒤로는 목연과 연사도 따르고 있었다.

"한참 동안 잠드셔서 걱정했었어요."

"금 언니께서 계속 자리를 지키고 있었죠."

연사가 장난스레 그리 말하자, 금하연은 깜짝 놀란 얼굴로 뒤를 돌아보았다.

이내 그녀는 목연과 연사가 히죽거리는 걸 분한 듯 노려보더니만 다시 고개를 돌렸다.

"몸은 괜찮으신가요?"

"예. 뭐, 그럭저럭……."

소하는 팔다리를 꾸물거려 보더니만, 이내 상처까지 아문 것을 보며 고개를 주억거렸다.

천양진기와 환열심환의 기운이 서로 잘 맞아 상처를 빠르게 치유한 모양이었다.

"그래도 조심하셔야 해요. 혹시나……."

"소하!"

문이 열리며 이번에는 청아의 모습이 나타났다.

"괜찮아?"

그녀의 물음에 소하는 고개를 끄덕였다.

"어, 응."

소하는 청아가 이내 큼큼 헛기침을 하며 자리에 앉는 것을 보았다.

"무당파도 왔을 줄은 몰랐어."

"전 무림의 회합이었으니까. 아마 대부분의 문파가 참석했을 거다."

청아는 이내 자신이 좀 황급했었다는 사실을 깨닫고는, 이내 고개를 돌리며 중얼거렸다.

"안 죽어서 다행이네."

"그러게. 진짜 죽는 줄 알았지."

소하는 한숨과 함께 고개를 들어 올렸다.

이전 혁월련의 일격을 막았을 때, 소하도 조금 난감했던 참이었다. 이 정도 힘을 개인이 가지고 있다는 사실에 놀랐기 때문이다.

"꽃들과 함께 있었군."

뒤에서 운요가 휘파람을 불며 등장했다.

"어쩐지 저 무당파 아가씨가 바람같이 달려 나가더니만."

"……"

청아는 운요의 말에 짜증이 인 듯 입을 꾹 다물었지만 반박하지 못하고 눈을 돌렸다.

"일어날 수 있으면, 잠시 나랑 나가자."

"네."

소하가 일어나려 하자, 세 여인은 걱정스러운 표정으로 그를 바라보았다.

"허이고."

운요가 헛웃음을 지었지만, 이내 소하는 비척거리며 일어나 찌뿌둥한 몸을 폈다.

"와, 몸이 다 굳었네."

"잘 풀어둬라. 만나고 싶어 하는 분이 계시니."

"네?"

소하의 물음에 운요는 픽 웃음을 지었다.

"훈도 방장께서 너를 찾으신다."

소림사의 훈도 방장 말인가?

이전 백보신권 이야기를 들었던 소하는 그것을 기억해 내고는 아 소리를 내었다. 소림사의 방장이자 무림맹의 수장이었기도 한 사람이었다.

"무기는?"

소하는 가만히 일행이 있는 곳을 보더니만 고개를 저었다.

"두고 가도 돼요."

"천하제일지보(天下第一至寶)라는 무구들인데?"

광명과 연원은 분명 천하명장이 만든, 절세의 보물이다. 저걸 팔기만 해도 금에 깔려죽을 만큼 돈을 벌 수 있으리라.

그러나 소하는 앉아 있는 사람들을 보고는 고개를 저었다.

"괜찮아요."

"뭐, 그렇다면야……"

운요는 몸을 돌리며 소하에게 중얼거렸다.

"좋은 사람들을 많이 만났구나."

그 말에 소하는 빙긋 웃었다.

"네."

*　　　　*　　　　*

회합이 남긴 상처는 상당히 컸다.

부상당한 이들이 신음하는 소리가 건물을 맴돌고, 때로는 찢어지는 비명이 들리기도 했다.

여러 문파의 인원들이 한데 섞여 누워 있었기에, 그들을 보살피는 사람들 역시 이리저리로 옮겨 다니며 정신없이 치료에 열중하고 있었다.

"시천월교 놈들……."

으드득 이를 가는 소리가 들렸다. 하루아침에 자신의 소중한 문원들을 잃었다.

그들의 분노에 주변의 분위기는 금방이라도 깨질 듯 아슬아슬하게 변해 있는 차였다.

그리고.

"저놈들 때문이다!"

고성(高聲)이 울렸다. 그것은, 여러 도구들을 가지고 들어온 사람들을 본 직후였다.

"백영세가다!"

"죽일 놈들!"

괴성이 빗발친다.

이 모든 회합의 원인이자, 모든 이들을 끌어들여 비참한 꼴을 당하게 한 것이 바로 백영세가였기 때문이다.

앞줄에 선 시녀들이 벌벌 몸을 떨었고, 무인들 몇 명이 조심스레 그들을 지켰지만 길을 걸으면서도 주변의 무인들이 보내는 살기에 숨이 막힐 지경이었다.

"이제 와서 무슨 짓이냐!"

그러던 중 한 무인이 앞으로 나섰다. 한쪽 눈에 붕대를 감은 그는 덜덜 떨리는 손으로 칼을 집어 들며 이를 드러냈다.

"너희 때문에 내 동생이 죽었다."

형용할 수 없는 분노가 흘러나온다. 시녀 하나의 얼굴이 새파랗게 변했다. 평생 이렇게 서슬 퍼런 칼날을 마주하게 될 일이 없었기 때문이다.

"네놈들이, 네놈들이 아니었다면……!"

"멈추세요."

시녀에게 당장이라도 칼을 휘두르려던 남자는, 이내 멈칫할 수밖에 없었다.

앞에서 걸어 나온 가인(佳人) 때문이다.

"백영일화."

몇 명이 그녀를 알아보았다.

백영일화 백유원.

현재 백류영이 의식불명의 중태에 빠진 지금, 유일하게 가주의 권한을 받은 이였다.

그녀는 뚜벅뚜벅 걸어 시녀의 어깨에 손을 얹었다.

"아, 아가씨……."

"물러서렴."

유원은 천천히 눈을 들어 무인을 마주 보았다. 무인은 으득 입술을 깨물며, 여전히 칼을 들이민 채였다.

지금 그에게 있어 어떤 자가 나타나더라도 그 결과는 같았다.

하지만.

"무슨 변명이라도 하려는……!"

"사과할 수밖에 없습니다."

유원은 그리 말했다.

허리를 굽힌다.

그녀는 고개를 숙인 채로, 슬픈 목소리를 냈다.

"모든 것은 백영세가의 잘못."

유원은 담담하게 그것을 인정했다.

다른 이들이었다면 어떻게든 책임을 전가하려 애썼겠지만, 이미 그녀는 그것이 의미가 없다는 사실을 알고 있었다.

"신비공자와 결탁한 제 오라비는, 돌이킬 수 없는 잘못을 저질렀습니다."

무인들의 눈에 불똥이 튀었다.

"그런 말로 모든 것이 해결될 줄 아는가!"

"그렇지 않다는 것을 알고 있습니다."

유원은 눈을 들었다. 그녀의 눈에는 눈물이 방울방울 내걸려 있었다.

"그렇기에 빌 수밖에 없습니다."

칼을 든 무인의 손이 흔들린다.

그는 이를 악물며 유원을 바라보고 있었다.

"왜, 그따위 말을……!"

"저희가 당신들을 돕게 해주세요."

유원은 마치 절이라도 할 듯, 고개를 더욱더 숙였다. 그가 칼을 내리치는 것은 상관없다는 태도였다.

"그저, 그 마음뿐입니다."

조용해진다.

모두가 가만히 선 채로 유원을 바라보고 있을 뿐이었다.

이내 몇 명이 무인을 바라보았고, 그 무인은 어찌할 줄 모르겠다는 듯 인상을 쓰며 고개를 저을 뿐이었다.

희미하게 젓던 고갯짓은, 이윽고 잠잠해진다.

"큭, 으……!"

그는 칼을 휘두를 수 없었다. 유원에게라도 화를 풀고 싶었지만, 오히려 자신이 더욱더 비참하게 굴러떨어지고 있는 것만 같은 느낌이었다.

유원은 고개를 들며 무인을 바라보았다. 그는 손을 내린 채, 땅만을 노려보고 있을 뿐이었다.

"가져온 것들을 나눠 드려줘."

"예, 예!"

시녀들이 흩어지기 시작한다. 그것은 몸을 덮을 모포와 치료에 필요한 물품 일체였다.

"이제 와서 잘못을 빌기에는 늦었을지도 모릅니다."

유원은 모두를 둘러보며 조용히 말했다.

"하지만… 저희는 당신들을 돕고 싶습니다."

그 말에 아무도 무어라 말을 하지 못했다.

투덜거리며, 혹은 아무 말도 하지 않은 채 그 구호품을 받아 들었을 뿐이다.

백영세가가 일으켰다 말한 혈겁(血劫)은 어느덧 정리가 되어 가고 있었다.

"대단하군."

운요는 솔직히 감탄했다. 칼날 앞으로 나설 정도로 그녀가 담대할 줄은 몰랐기 때문이다. 아까의 무인은, 그녀가 진심으로 빌지 않았다면 정말로 칼을 내리쳤을지도 모르는 일이었다.

"그렇죠."

소하는 씩 웃으며 고개를 끄덕였다. 이전부터 유원은 그랬다. 그는 운요와 함께 복도를 걸으며 천천히 눈을 돌렸다.

"소림사 사람들은 여기 없나요?"

"더 안쪽."

중요한 문파의 인물들은 따로 배치되었다고 한다. 단순히 치료만이 아니라, 앞으로의 일을 논의해야 하기 때문이다.

"그리고……"

운요는 문을 열었다. 앞쪽에 있는 거대한 무승 하나가 고개를 숙였고, 천천히 가려진 천막이 걷히기 시작했다.

"시간이 얼마 남지 않았거든."

그 안에는 붉은 붕대를 감싼 채 기대 앉아 있는 훈도 방장이 있었다.

한쪽 팔은 이미 비어 있었고, 다른 곳 역시 너덜너덜해진 채 붕대로 감싸져 있는 상황이었다.

숨소리가 희미하다.

쌕쌕거리는 소리만이 고요한 공간 안에 번질 뿐이었다.

"청성의 운요. 부탁하신 일을 마쳤습니다."

운요가 포권하며 말하자 소림사의 무승들은 감사의 의미로 고개를 숙여 보였다.

"감사… 하네……."

숨이 빠져나가는 듯한 소리다. 천천히 말을 끝낸 훈도 방장은 조심스럽게 고개를 들어 올렸다.

마치 금방이라도 부서져 버릴 인형처럼, 그의 온몸에서는 생기가 빠져나가 있었다.

"자네로군."

그러나.

소하는 내심 놀랐다.

훈도 방장의 주변으로 기운들이 몰려들기 시작하며, 서서히 그의 기운을 깨워냈기 때문이다.

생기가 번져간다는 것이 눈에 보일 정도다.

옆의 무승들이 당황하는 것에도 괘념치 않고, 훈도 방장은
서서히 얼굴을 들어 올렸다.

그 눈에서는 아까와 같은 흐릿함을 더는 찾아볼 수 없었다.

"잠시간의 회복일세."

"방장!"

무승 하나가 고함을 질렀다.

훈도 방장은 천천히 마른 얼굴을 저었다.

"이미 때는 늦었다. 일후(一吼)."

일후라고 불린 무승은 분하다는 듯 와락 인상을 찌푸렸다.

"아직 방장께서는……!"

"나는… 불민(不敏)했지."

훈도 방장의 핼쑥한 뺨에 웃음이 걸렸다. 그는 이윽고 손을
휘휘 저었다. 모두에게 축객령을 내린 것이다.

운요와 소하만이 남은 채, 모두가 사라지고 있었다.

"내가 왜 자네를 부른지 알고 있나?"

"아뇨."

소하는 단호히 그리 답했다. 훈도 방장과는 일면식도 없는
터였다.

"천하오절의 힘을 물려받은 자."

운요는 고개를 들어 소하를 쳐다보았다.

"그게 자네였기 때문이지."

회합에 온 무인들은, 아회광과 맞붙는 소하를 보았다. 굉천

도법과 백연검로를 펼쳐내는 광경, 그리고 천영군림보의 강대한 형상이 모두의 눈을 어지럽혔었다.

오절 중 네 명의 힘을 물려받은 자가 있다!·

그 사실은 훈도 방장과 같은 전대의 고수들 사이에 은은하게 번져 있던 터였다.

"절대 있을 수 없는 일이라고 생각했었지."

훈도 방장은 허탈하게 웃음을 흘렸다.

"그들은 절대 하나가 될 수 없다고 생각했었네."

그의 눈에는 알 수 없는 회한이 어려 있었다.

"천하오절의 힘은, 전 무림의 이상이었지. 나를 포함한 어떤 이들도… 그들에게는 도달할 수 없었다네."

운요 역시 동의하는 바였다.

천하오절이라 하면 어린아이들까지도 알고 있는 자들이었기 때문이다.

소하는 문득 형인 운현의 말이 떠오르는 것을 느꼈다. 천하오절에 대한 이야기를 하며 눈을 빛내던 그의 모습이 아직도 선명했다.

"하지만 강한 힘은 서로를 상처 입히기만 할 뿐… 시천마는 그리해, 모두를 하나로 묶을 생각을 했었지."

전대의 무림인들 중, 초인에 이른 이들은 모두 느낄 수 있었다.

"하나로 묶는다는 건 뭐죠?"

소하는 점점 궁금해졌었다. 시천마는 대체, 천하오절의 힘을 가지고 무엇을 하려던 것인가?

"그는 개인의 오성(悟性)도 뛰어났지만, 진정으로 강한 것은… '빼앗는' 힘이었네."

훈도 방장은 기침을 쿨럭였다. 점점이 핏물이 가사를 물들이고 있었다.

"그는 강하다 생각하는 무인들의 무공을 빼앗았지."

"빼앗았다고요?"

놀란 운요가 되묻자, 훈도 방장은 조용히 고개를 끄덕였다.

"눈으로 통찰(通察)해 무공의 묘리를 훔쳤고… 하늘이 내린 신체(身體)는 그것을 보는 것만으로도 사용할 수 있게 만들었다네."

무공을 빼앗는 힘.

그것이야말로 수련에 수련을 거듭하는 무림인들이 가장 무서워하는 재능이었다.

"그는 천하오절의 힘을 가지고 싶어 했다네."

소하는 문득 알 수 있었다.

내공심법으로는 타의 추종을 불허하는 천양진기.

천하제일의 보법이라 할 수 있는 천영군림보.

하늘을 부수는 도법인 굉천도법.

그리고 보는 것만으로도 사람들을 경외에 차게 했던 백연검로.

그 네 가지의 무공은 모두가 간절히 하나라도 얻기를 바랄 정도로 심오한 힘이었다.

"시천마는 그렇기에 천하오절을 만들었지. 자신이 더 나은 존재로 거듭나기 위해."

천하오절을 구성한 것은 바로 시천마였다.

그 말에 운요는 눈살을 찌푸릴 수밖에 없었다.

"그게 무슨……."

"우리 모두는 두려워하면서도 그것을 인정할 수밖에 없었네."

훈도 방장의 손이 파르르 떨렸다. 그것은 과거의 자신에 대한 질책이었다.

"보고 싶었으니까."

그의 눈은 애처롭게 허공을 좇고 있었다.

"극에 이른 무(武)라는 것을."

훈도 방장은 눈을 들어 올렸다.

그의 생명력은 점점 타올라 사라지고 있었지만, 누구보다 간절하게 소하를 바라보고 있었다.

"자네에게도 묻고 싶었네."

그는 잠시 침묵을 지켰지만, 이내 조용히 입술을 떼었다.

"천하제일의 힘을 지닌 기분은 어떤가?"

소하는 운요와 훈도 방장이 자신을 바라보는 것에 살짝 고개를 갸웃거렸다.

몇 초간이나 입을 다문 채 아무 말도 하지 않던 소하는, 이내 고개를 더 갸웃거리더니만 말을 이었다.

"별다른 게 없어요."

훈도 방장은 답하지 않았다.

그저 더 이야기해 보라는 듯, 소하를 바라보고 있을 뿐이다.

소하는 그렇게 되자 괜스레 무언가를 더 느껴야 했는가, 하고 당황할 수밖에 없었다.

"제가 모자라서인지는 모르겠지만……."

소하는 주먹을 꽉 쥐었다.

"그래도 할 수 없는 일들이 많았으니까요."

지키지 못한 이들이 있었다.

하지 못한 일들이 있었다.

소하는 그것들을 생각하자면, 자신의 부족함만이 계속해서 눈앞을 메울 뿐이었다.

"하."

훈도 방장은 웃음을 흘렸다.

"그런가."

그는 천천히 손을 내렸다.

이내 고개는 천장을 향하고 있었다.

"수십 년 동안 고민했었다."

그는 살아남아야만 한다고 느꼈다.

무림의 상징이라고도 할 수 있는 소림이 월교에게 무너진다면 모든 것은 사라지고 만다.

그렇기에 버티고자 했다.

아무리 비열한 수를 쓰더라도, 살아남아야만 모든 것을 알 수 있으리라 여겼다.

"쿨럭!"

"방장!"

운요가 당황해 앞으로 향했다.

훈도 방장의 입에서 쏟아져 나온 선혈은 언뜻 봐도 정상적이지 않았다.

마치 내장이 온통 분탕질된 듯 붉은 핏물이 그르륵거리며 입 밖으로 흘러나오고 있었다.

그는 손으로 운요를 막았다.

그러고는 눈을 들어 소하를 바라보았다.

그 순간만큼은 훈도 방장의 눈에서 알 수 없는 광망이 솟구치고 있었다.

"마지막 질문일세."

그는 헐떡거리면서도 필사적으로 질문을 이었다.

이전, 시천마라는 거대한 존재에게 아무 말도 할 수 없었던 자신을 대신한다는 듯 말이다.

"자네는, 어째서 싸우는가?"

소하는 가만히 그를 바라보고 있었다.

"크, 으흐흐흐!"

괴성이 들렸다.

파육(破肉)음이 요란하다.

가만히 뒤쪽에서 그 광경을 보고 있던 성중결은, 혁월련의
괴성이 잦아들자 입을 열었다.

"이미 죽었습니다."

혁월련은 인상을 찡그렸다.

단리우의 잔당들을 처리하던 와중, 마음에 들지 않던 놈 하
나를 완전히 짓이기다 못해 해체해 버린 상황이었다.

스르르 흘러내리는 살점들. 혁월련은 그것을 노려보다 이윽
고 눈을 돌렸다.

"약."

성중결은 가만히 그를 바라보고 있을 뿐이었다.

"약!"

괴성이 울린다.

성중결의 손에서 조그마한 주머니 하나가 빠져나오자, 혁월
련은 그것을 받고는 허겁지겁 단환을 입안으로 집어넣었다.

그러고는 꽉 씹더니만 이내 후우 하고 숨을 내뱉고 있었다.

"크, 으으으으!"

머리를 감싸 잡으며 괴로워하는 그 모습에 아회광은 내심 한숨을 내뱉었다.

"골치군."

미리하는 침묵을 지키고 있을 뿐이다.

"어쩔 거지?"

성중결의 눈이 혁월련에게로 향했다.

그는 여전히 머리를 싸잡은 채, 자신의 육신을 채우고 있는 고통이 가라앉기를 기다리고 있는 처지였다.

아회광은 그런 혁월련의 모습이 상당히 마음에 들지 않았다.

애써 시천무검을 계승했다기에 기뻐했더니만, 저런 상태라면 아무리 강해봤자 의미가 없기 때문이다.

"기다린다."

성중결은 단호하게 말을 끊었다.

더 이상의 부언(附言)을 불허한다는 듯 말이다.

미리하의 눈이 불안하게 앞을 가리켰다.

혁월련의 몸에서는, 내공의 기운이 마치 연기처럼 뿜어져 나오고 있었다.

"우리는 그저 우리의 일을 다할 뿐이다."

"우리의 일?"

아회광이 되묻자, 성중결은 피바다가 된 이곳에서 하늘을 올려다보며 조용히 읊조렸다.

"천마강림(天魔降臨)을 기다린다."

그 목소리는 알 수 없는 울림을 가진 채 허공으로 흩어지고 있었다.

『광풍제월』 9권에 계속…

초대형 24시 만화방

신간 100%, 샤워실, 흡연실, 수면실(침대석), 커플석, 세탁기 완비

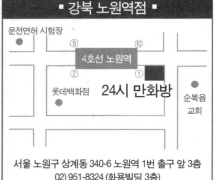
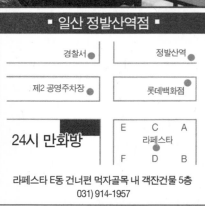
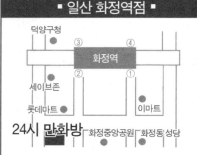
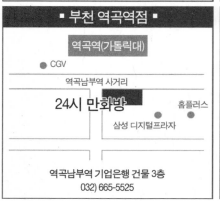
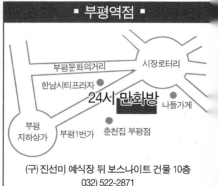

MAJOR LEAGUER

메이저리거

FUSION FANTASTIC STORY
강성곤 장편 소설

꿈꾸는 자에게 불가능은 없다!

『메이저리거』

불의의 사고로 접어야만 했던 야구 선수의 꿈.
모든 걸 포기한 채 평범한 삶을 살던
민우에게 일어난 기적!

"갑자기 이게 무슨 일이지?"

그의 눈앞에 나타난 의미 모를 기호와 수치들.
그리고 눈에 띈 한 단어.
'타자(Batter)'

특별한 능력을 얻게 된 민우의
메이저리그 진출기가 시작된다!

Book Publishing CHUNGEORAM

유행이 아닌 자유추구 -
WWW.chungeoram.com

박선우 장편소설
FUSION FANTASTIC STORY

멋진 인생

Wonderful Life

태어나며 손에 쥔 것이라고는 가난뿐.

그러나 내게는 온몸을 불사를 열정과
목숨처럼 소중한 사랑이 있었다.

『멋진 인생』

모두가 우러러보는 최고의 직장이자 가장 치열한 전쟁터,
천하그룹!

승진에 삶을 바친 야수들의 세계에서 우뚝 서게 되는
박강호의 치열하지만 낭만적인 이야기!

Book Publishing CHUNGEORAM

유행이 아닌 자유추구 ~
WWW.chungeoram.com

강준현 장편소설
FUSION FANTASTIC STORY

인생을 바꿔라

『복수의 길』, 『개척자』 강준현 작가의
2016년 신작!

자신이 무엇인지 알지 못하는 정신체, 염.
세상을 떠돌며 사람의 몸속으로 들어가
에너지를 얻고 나오길 반복하던 어느 날.

사고로 인한 하반신 마비, 애인의 이별 선언.
삶에 지쳐 자살하려는 김철의 몸에 들어가게 되는데…….

"뭐, 뭐야! 아직도 못 벗어났단 말이야?"

새로운 삶을 살리라,
정처 없이 떠돌던 그의 인생 개척이 시작된다!

"어떤 삶인지 궁금하다고? 그럼 한번 따라와 봐."

Book Publishing CHUNGEORAM

유행이 아닌 자유추구 -
WWW.chungeoram.com

궁극의 쉐프

Ultimate chef

가프 장편소설

FUSION FANTASTIC STORY

태초의 우물에서 찾은 사막의 기적.
사람의 식성과 식욕을 색으로 읽어내는 능력은
요리의 차원을 한 단계 드높인다.

『궁극의 쉐프』

요리란!
접시 위에 자신의 모든 것을 담아내는 것.

쉐프란!
그 요리에 자신의 가치를 증명하는 사람.

"요리 하나로 사람의 운명도 좌우할 수 있습니다."

혀를 위한 요리가 아닌, 마음을 돌보는 요리를 꿈꾸는
궁극의 쉐프 손장태의 여정이 시작된다!

Book Publishing CHUNGEORAM

철순 장편소설
FUSION FANTASTIC STORY

괴물 포식자

지구 곳곳에 나타난 차원의 균열.
그것은 인류에게 종말을 고하는 신호탄이었다.

『괴물 포식자』

괴물을 먹어치우며 성장한 지구 최강의 사내, 신혁돈.
그는 자신의 힘을 두려워한 인류에 의해
인류의 배신자라는 낙인이 찍히고 죽게 되는데…

[잠식이 100%에 달했습니다.]
[히든 피스! 잠들어 있던 피닉스의 심장이 깨어납니다.]

불사의 괴물, 피닉스의 심장은
신혁돈을 15년 전으로 회귀하게 한다.

먹어라! 그리고 강해져라!
괴물 포식자 신혁돈의 전설이 시작된다!

Book Publishing CHUNGEORAM

유행이 아닌 자유추구 -
WWW.chungeoram.com